心的告白

梁晓声 著

贵州出版集团
贵州人民出版社

图书在版编目（CIP）数据

心的告白 / 梁晓声著． -- 贵阳：贵州人民出版社，
2022.8

ISBN 978-7-221-17013-2

Ⅰ．①心… Ⅱ．①梁… Ⅲ．①散文集－中国－当代
Ⅳ．① I267

中国版本图书馆 CIP 数据核字（2021）第 281352 号

心的告白
XIN DE GAOBAI

梁晓声 / 著

出 版 人 　王　旭
责任编辑 　韦天亮
装帧设计 　王　鑫
出版发行 　贵州出版集团　贵州人民出版社
地　　址 　贵阳市观山湖区会展东路 SOHO 办公区 A 座
邮　　编 　550081
印　　刷 　三河市宏达印刷有限公司
开　　本 　620mm×889mm　1/16
印　　张 　15
字　　数 　185 千字
版次印次 　2022 年 8 月第 1 版　2022 年 8 月第 1 次印刷
书　　号 　ISBN 978-7-221-17013-2

定　　价 　49.00 元

录

第一章

梦是人生

复 旦 与 我

我曾写过一篇散文，题目是《感激》。

在这一篇散文中，我以感激之心讲到了当年复旦中文系的老师们对我的关爱。在当年特殊的时代背景下，对我，他们的关爱还体现为一种不言而喻的、真情系之的保护。非是时下之人言，老师们对学生们的关爱所能包含的。在当年，那一份具有保护性质的关爱，铭记在一名学生内心里，任什么时候回忆起来都是凝重的。

我还讲到了另一位并非中文系的老师。

那么他是复旦哪一个系的老师呢？

事隔三十余年，我却怎么也不能确切地回忆起来了。

我所记住的只是一九七四年，他受复旦大学之命在黑龙江招生。中文系创作专业的两个名额也在他的工作范围以内。据说那一年复旦大学总共从黑龙江生产建设兵团招收了二十几名知识青年，他肩负着对复旦大学五六个专业的责任感。而创作专业的两个名额中的一个，万分幸运地落在了我的头上。

事情大致是这样的——为了替中文系创作专业招到一名将来或能从事文学创作的学生，他在兵团总部翻阅了所有知青文学创作作品集。当年，兵团总部每隔两年举办一次文学创作学习班，创作成果编为诗歌、散文、小说、报告文学、通讯报道与时政评论六类集子。一九七四年，兵团已经培养起了一支不止百人的知青文学创作队伍，分散在各师、各团，直至各基层连队。我是他们中的一个，在基层连队抬木头。兵团总部编辑的六类集子中，仅小说集中收录过我的一篇短篇《向导》。那是我唯一被编入集子中的一篇，它曾发表在《团战士报》上。

《向导》的内容是这样的：一个班的知青在一名老职工的率领下进山伐木。那老职工在知青们看来，性格孤倔而专断——这一片林子不许伐，那一片林子也坚决不许伐，总之已经成材而又很容易伐到的树，一棵也不许伐。于是在这一名老"向导"的率领之下，知青离连队越来越远，直至天黑，才勉强凑够了一爬犁伐木，都是歪歪扭扭、拉回连队也难以劈为烧材的那一类。而且，他为了保护一名知青的生命，自己还被倒树砸伤了。即使他在危险关头那么舍己为人，知青们的内心里却没对他起什么敬意，反而认为那是他自食恶果。伐木拉到了连队，指责纷起。许多人都质问："这是拉回了一爬犁什么木头？劈起来多不容易？你怎么当的向导？"而他却用手一指让众人看：远处的山林，已被伐得东秃一片，西秃一片。他说："这才几年工夫？别只图今天我们省事儿，给后人留下的却是一座座秃山！那要被后代子孙骂的……"

这样的一篇短篇小说在当年是比较特别的。主题的"环保"思想鲜明。而当年中国人的词典里根本没有"环保"一词。我自己的头脑里也没有。只不过所见之滥伐现象，使我这一名知青不由得心疼罢了。

而这一篇仅三千字的短篇小说，却引起了复旦大学招生老师的共鸣，于是他要见一见名叫梁晓声的知识青年。于是他乘了十二个小时的列车从佳木斯到哈尔滨，再转乘八九个小时的列车从哈尔滨到北安，那是那一条铁路的终端，往前已无铁路了，改乘十来个小时的长途汽车到黑河，第二天上午从黑河到了我所在的团。如此这般的路途最快也需要三天。

而第四天的上午，知识青年梁晓声正在连队抬大木，团部通知他，招待所里有位客人想见他。

当我听说对方是复旦大学的老师，内心一点儿也没有惊喜的非分之想。认为那只不过是招生工作中的一个过场，按今天的说法是作秀。而且，说来惭愧，当年的我这一名哈尔滨知青，竟没听说过复旦这一所著名的大学。一名北方青年，当年对南方有一所什么样的大学，一向不会发生兴趣的。但有人和我谈文学，我很高兴。

我们竟谈了近一个半小时。

我对于"文革"中的"文艺"现象"大放厥词"，倍觉宣泄。

他从自己的包里取出一本当年的"革命文学"的"样板书"《牛田洋》，问我看过没有，有什么读后感。我竟说："那样的书翻一分钟就应该放下，不是任何意义上的文学作品！"

而那一本书中，整页整页地用黑体字印了几十段"最高指示"。

如果他头脑中有着当年流行的"左"，则我后来根本不可能成为复旦的一名学子。倘他行前再向团里留下对我的坏印象，比如"梁晓声这一名知青的思想大有问题"，那么我其后的日子更加不好过了。

我记得清清楚楚，我们分手时，他说的是"你跟我说过的那些话，不要再跟别人说了，那将会对你不利"。这是关爱。在当年，也是保护性的。后来我知道，他确实去见了团里的领导，当面表达了这么一种态度——如果复旦大学决定招收该名知青，那么名额不可以被替换。没有这一位老师的认真，当年我根本不可能成为复旦学子。

我入学几年后，就因为转氨酶超标，被隔离在卫生所的二楼。

他曾站在卫生所平台下仰视着我，安慰了我半个多小时。三个月后我转到虹桥医院，他又到卫生所去送我……

至今想来，点点滴滴，倍觉温馨。进而想到——从前的大学生（他似乎是一九六二年留校的）与现在的大学生是那么不同。虽然我已不认得他是哪一个系、哪一个专业的老师了，但却肯定地知道他非是中文系的老师。而当年在我们一团的招待所里，他这一位并非中文系的老师，和我谈到了古今中外那么多作家和作品。这是耐人寻味的。

大千世界，芸芸众生。人皆一命，是谓生日。但有人是幸运的，能获二次诞辰。大学者，脱胎换骨之界也。"母校"说法，其意深焉。复旦乃百年名校，高深学府；所育桃李，遍美人间。是复旦当年认认真真地给予了我一种人生的幸运。她所派出的那一位招生老师身上所体现出的认真，我认为，当是复旦之传统精神的一方面吧！我感激，亦心向复旦之精神也。故我这一篇粗陋的回忆文字的题目是《复旦与我》，而不是反过来，更非下笔轻妄。我很想在复旦百年校庆之典，见到一九七四年前往黑龙江生产建设兵团招生的那一位老师。

本命年联想红腰带

牛年是我本命年。

屈指一算，我已与牛年重逢四次了。于是联想到了孔乙己数茴香豆的情形，就有一个惆怅迷惘的声音在耳边喃喃道："多乎哉？不多也。"自然是孔乙己的传世的名言，却也像一位老朋友作难之状大窘的暗示——其实是打算多分你几颗的。可是你瞧，不多也。真的不多也！

于是自己也不免的大窘，窘而且恓惶。前边曾有过的已经消化掉在碌碌无为的日子里了。希望后边儿再得到起码"四颗"，而又明知着实的太贪心了。只那意味着十二年的"一颗"，老朋友孔乙己似乎都不太舍得超前"预支"给我。

人在第四次本命年中，皆有嗒然若失之感。元旦前的某一天，妻下班回来，颇神秘地对我说："猜猜我给你带回了什么？"猜了几猜，没猜到。妻从挎包掏出一条红腰带塞在我手心。我问："买的？"妻说："我单位一位女同事不是向你要过一本签名的书吗？人家特意为你做的。她大你两岁。送你红腰带，是祈祝你牛年万事遂心如意，一切烦恼忧愁统统'姐'开的意思……"听了妻的话，瞧着手里做得针脚儿很细的红腰带，不禁地忆起二十四岁那一年：另一位女性送给我的另一条红腰带……

小时候，家里孩子多，又穷，母亲终日为生计操劳，没心思想到哪一年是自己哪一个儿女的本命年，我头脑中也就根本没有什么本命年的意识，更没系过什么红腰带。

二十四岁的我当然已经下乡了，是黑龙江生产建设兵团一师一团七连的小学教师。七连原属二团，在我记忆中，那一年是合并到一团的第二年，原先的二团团部变成了营部。小学校放寒假了，全营的小学教师集中在营部举办教学提高班。

几天后的一个傍晚，我去水房打水，有位女教师也跟在我身后进入了水房。

她在一旁望着我接水，忽然低声问："梁老师，你今年二十四岁对不对？"

我说："对。"

她紧接着又问："那么你属牛啰？"

我说："不错。"

她说："那么我送你一条红腰带吧！"——说着，已将一个手绢儿包塞入我兜里。

我和她以前不认识，只知她是一名上海知青。一时有点儿疑惑，水瓶满了也未关龙头，怔怔地望着她。

她一笑，替我关了龙头，虔诚地解释："去年是我的本命年。这条红腰带是去年别人送给我的。送我的人嘱咐我，来年要送给比我年龄小的人，使接受它的人能'妞'开一切烦恼忧愁。这都一月份了，提高班就你一个人比我年龄小，所以我只能送给你。再不从我手中送出，我就太辜负去年把它送给我那个人的一片真心了啊！……"

见我仍怔愣着，她又嘱咐我："希望你来年把它转送给一个女的。让'姐'开这一种善良的祈祝，也能带给别人好运。这事儿可千万别传呀！传开了，一旦有人汇报，领导当成回事儿，非进行批判不可……"

又有人打水。我只得信赖地朝她点点头，心怀着种温馨离开了水房。

那条红腰带不一般。一手掌宽，四余尺长，两面儿补了许多块补丁，当然都是红补丁。有的补丁新，有的补丁旧。有的大点儿，有的小点儿。最小的一块补丁，才衣扣儿似的。但不论新旧大小，都补得那么认真仔细，那么的结实。我偷偷数了一次，竟二十几块之多。与所有的补丁相比，它显露不多的本色是太旧了。那已经不能被算作红色了。客观地说，接近着茄色了。并且，有些油亮了。分明的，在我之前，不知多少人系过它了。但我心里却一点儿也未嫌弃它。从那一天起，我便将它当皮带用着了……

它上边的二十几块补丁，引起了我越来越大的好奇心。我一直想向那一名上海女知青问个明白，可是她却不再主动和我接触了。在提高班的后几天我见不着她了。别人告诉我她请假回上海探家了。

一个月后我收到了她从上海川沙县寄给我的一封信。信中说她不再回兵团了，已经转到川沙县农村插队了，也不再当小学老师了。

"我想，"她在信中写道，"你一定对那条红腰带产生了许多困惑。去年别人将它送给我时，我心中产生的困惑绝不比你少。于是我就问送给我的人。可是她什么也不知道，说不清。于是我又问送给她的人。那人也不知道，也说不清。我一个人接一个人地追问下去，终于有一个人告诉了我一些关于它的情况。现在，我把我所知道的告诉你——一九四八年，在东北解放战场上，有一名部队的女卫生员，将它送给了一名伤员。那一年是他的本命年。后来女卫生员牺牲了。他在第二年将它送给了他的新婚妻子。一九四九年是她的本命年。以后她又将它送给了她的弟弟。他隔年将它送给了他大学里的年轻的女教师。到了一九五九年，它便在一位中年母亲手里了。她的女儿赴新疆支边。那一年是女儿的本命年。女儿临行前，当母亲的，亲自将它系在女儿腰间了。一九六八年，它不知怎么一来，就从新疆到了北大荒。据说是一位姐姐从新疆寄给亲弟弟的。也有人说不是姐姐寄给亲弟弟的，而是一位姑娘寄给自己第一个恋人的……关于它，我就追问到了这么多。我给你写此信，主要是怕你忘了我把它送给你时嘱咐你的话——来年你一定要转送给一位女性。还要告诉她，她结束了她的本命年后，一定要送给比她年龄小的男性。只有这样，才能使'姐'开人烦恼忧愁的祈祝一直延续下去……"

她的信，使二十四岁的我，非常之珍视系在我腰间的红腰带了。

我回信向她保证，我一定遵照她的嘱咐做。我甚至开始暗中调查，在我们连的女知青中，来年是谁的本命年……

但是不久我调到了团里。

第二年元旦后，我将它送给了团组织股的一名女干事。她是天津知青。

当天晚上她约我谈心。

她非常严肃地问我："你送我一条红腰带是什么意思呢？你应该明白，你是初中知青，我是高中知青。咱俩谈恋爱年龄不合适。而且，我已经有男朋友了！……"

我说："你误解了。这事儿没那么复杂。今年是你本命年，所以我才送给你。按年龄我该叫你姐，我送给你，是'弟'给你好运的意思啊！"

她说："那这也是一种迷信哪！"我说："就算是迷信吧。可迷信和迷信有所不同，不能一概而论的。""迷信和迷信会有什么不同？"她又严肃地板起了脸。我思想上早有准备，便取出特意带在身上的那封信给她看。待她看完，我问："现在你如果还不愿接受，就还给我吧！"她默默地还给了我——还的当然不是红腰带，而是那封信。我见她眼里汪着泪了……在我二十四岁那一年，心中的烦恼和忧愁，并不比二十二岁时少，可以说还多起来了。我却总是这么安慰自己——也许我本该遭遇的烦恼和忧愁更多更多。幸运的红腰带肯定替我"姐"开了不少啊！……二十五岁那一年我离开兵团上大学去了。我曾在自己的一个本命年里，系过一条独一无二的红腰带。在我人生的这第四个本命年，妻的一位女同事，一位我没见过面的"姐"送给我的红腰带，使我忆起了几乎被彻底忘却的一桩往事。

不知当年那一条补着二十几块补丁的红腰带，是否由一位姐，又送给了某一个男人？是否又多了二十几块补丁？也许，它早就破旧得没法儿再补了，被扔掉了吧？

但我却宁肯相信，它仍系在某一个男人腰间。

想想吧，一条红布，一条补了许多许多补丁的红布，一条已很难再看到最初的红颜色的红布，由一些又一些在年龄上是"姐"的女人，虔诚地送给一些又一些男人，祈祝他们在自己的本命年里"姐"开一些烦恼忧愁，这份儿愿望有多么的美好啊！它某几年在亲人和亲爱者间转送着。某几年又超出了亲情和友情的范围，被转送到了一些素无交往的男人手里。如当年那位也当过小学教师的上海女知青在水房将它送给我一样。而再过几年，它可能又在亲人和亲爱者间转送着了。它的轮回，毫无功利色彩。仅只为了将"姐"开这一好意，一年年地延续下去。除了这一目的，再无任何别的目的了……

让"姐"开烦恼忧愁和"弟"给好运的善良祈祝，在更多男人和女人的本命年里带来温馨吧！

阿门……

从 前， 少 年 们 的 收 藏

收藏一事，大抵自少男少女时起。儿童而好收藏，此种现象不多。

在我记忆中，从小学三年级起，某些同学便喜欢收藏了。

起初收藏糖纸。

当年哈尔滨的果糖分两类——无包装的"杂拌糖"和有糖纸的；后一类民间的说法是"礼糖"，即，不是买了给自家孩子吃的，而是当作礼品与罐头、点心搭配着送给别人家孩子吃的——当然，必是遇到难事了要求别人家，或求过了人情后补。

"杂拌糖"八角几分钱一斤，一角钱也能买十几块。有时，小孩子买五分钱的，服务员也会卖，无须过秤了，数几块即可；包"杂拌糖"的是粗糙的包装纸，粗糙到可见粉碎不彻底的麦秸。

"礼糖"则每一块都有包装纸，而且包装纸细软，其上印文字和图案。在一般百姓家的大人孩子看来，是"高级块糖"。

我下乡前仅吃过一次"高级块糖"——我父亲所在的"大三线"建筑单位派人慰问职工们的在哈家属，每户送上门一斤，于是我们几个子女托父亲的福，吃到了传说中的"高级块糖"，确实比"杂拌糖"多样，也确实比"杂拌糖"好吃。那时"三年困难时期"已经过去了，中国经济开始复苏。

"高级块糖"也分几种——一般高级的是果味硬糖；更高级的是"大虾""小人儿""双喜"三种夹心酥糖；再高级的是"大白兔"奶糖，半硬不硬的那种；最高级的是"贵妃"软奶糖。如今想来好生奇怪，不知为什么糖纸上非印"贵妃"二字。

我下乡后，自己终于能挣钱了，有几次探家的日子里买过"高级块糖"——为了代母亲答谢母亲麻烦过的人家。

糖纸因其花花绿绿而受到爱好收藏的小学生的喜欢。有的自己曾吃过"高级块糖"，有的则是留意捡到的。想想吧，别人将高级的块糖吃掉了，随手将糖纸一扔，而自己则如获至宝地捡起，珍惜地予以收藏，证明收藏这件事是多么美妙多么令人上瘾呀！

当年爱好收藏糖纸的既有小学女生也有小学男生，女生多于男生。那是一件挺费心思的事——首先得具有一定的拥有数量；其次糖纸两边是拧过的，需在温水中浸泡多时，湿透后小心地用手指抚平；晾干后夹入一本什么书中才算大功告成。也不可暴晒，会晒脆。得使之阴干——深谙此点的小女生，往往将糖纸贴在下午朝阳的窗玻璃上。那时玻璃还有一定温度，晾干之效果极佳。

糖纸受青睐的程度，不但视其包过何种糖，还与其上印着的厂家有关。若一张糖纸上印的是北京、上海、天津、广州某某糖厂的厂址及厂标，便属珍品。即使在当年，即使对于小学生，"京上津广"之大城市地位在心目中也已确立。而哈尔滨的小学生普遍认为，哈尔滨属于中国第五大城市，这一点毫无疑问。

若一名爱好收藏糖纸的女生，将一张自己珍视的糖纸赠予有共同爱好的女生，则证明二人之间友谊笃焉。

我小学五年级时，班上一名女生因向另一名女生赠了一张稀有的糖纸，居然引起公安人员的调查——因那糖纸上印的是香港的一家糖厂，而受赠方之父亲阶级斗争的警惕性极高；经调查，赠予方的伯父是外贸干部，从香港带回了一斤香港糖而已。

自然，两名小学女生之间的友谊彻底完结。

我小学六年级时，哈尔滨出产了一种"酒心巧克力"：在巧克力糖的内部，包上了一小汪酒液。一斤糖中，有"茅台""泸州老窖""五粮液""汾酒"等几种"酒心"。这种糖，属极品糖，即使在"京上津广"四大城市中也是最高级的礼糖。当年我只见过那种糖的糖纸，没吃过。

包"酒心巧克力"的是一种叫"玻璃纸"的糖纸。极薄、透明。这种糖纸两边拧出的褶皱很不易压平，只能经水浸泡后用熨斗熨。一名与我关系好的男生拥有数张，偷偷用熨斗熨；不料熨斗落地，使自己的一只脚即被砸伤了，还挨了家长一顿骂。

我的一名"兵团战友"十几年前还保留着一部厚厚的"毛选合订本"，内夹二百余张各式各样的糖纸——是一名与他发生初恋的女知青送给他的定情物，而她不幸在一次扑山火行动中牺牲了，定情物于是成为情殇纪念物。以糖纸为书签，即使在当年的中学生中也较流行。但一名女中学生居然将小学时收藏的糖纸带到了北大荒，并且夹在"毛选"中，作为定情物一道赠给意中人，真是只有特殊年代才会发生的特殊之事啊。

烟纸是只有小学男生才会收藏的爱好。当年中国尚无硬盒烟，卷烟一概都是用印有标志性图画的烟纸所包的。某些烟纸的设计煞费匠心，具有独特的审美性。那么，收藏烟纸与收藏糖纸一样，初心分明源于对美的印在方寸之上的图画的喜爱；否则一名小学生为什么会收藏糖纸烟纸呢？确乎的，当年某些显示出绘画天分的少年、青年，小时候先是从临摹糖纸上烟纸上的图画开始，后来才转而临摹小人书的。

当年哈尔滨能见到的卷烟是——"经济""葡萄""迎春""哈尔滨""群英""前门""牡丹""凤凰""中华"等几种。"经济"牌最便宜，8分一包，不知哪里生产的，吸此烟的皆是从事苦力劳动而又家境十分困难的烟民。"葡萄""迎春"属于同一价格的烟，2角3分、2角4分；"哈尔滨"3角2分，与北京生产的"前门"价格接近。显然，就是冲着"前门"定的价。在以计划经济为铁律的当年，各省市之前也是实行地方市场保护主义的。可以这样说，在各类民用商品方面，其实从未做到严格意义上的计划经济。"牡丹""凤凰""中华"三种烟，属于最高级烟，每盒都在5角以上，只能在"特供商店"买到。"特供"不是面向一切高消费人士的，而是专指面向十三级以上干部的商店，购买要凭干部证的。不够十三级不卖，仅属于高消费人士更不卖。在这一点上，充分体现了"特供"之"特"和计划经济铁律。

故当年一名收藏烟纸的小学男生，若竟有"牡丹""凤凰""中华"等烟纸，自然会被有同好的同学刮目相看。寻常之人难以见到的香烟，一名小学男生居然拥有其烟纸，他本人也肯定有几分不寻常了呀！

直至我上了大学的1975年、1976年，一般人仍很难在哈尔滨买到以上三种高级过滤嘴烟。每有哈尔滨人寄给我钱，求我在上海帮助买。我在上海也得求人，却仅能买到"牡丹""凤凰"。1980年以前，我连"中华"烟的烟纸也没见到过，更不要说"中华"烟了。

细思忖之，小学男生喜欢收藏烟纸，与小学女生喜欢收藏糖纸的心理颇为不同。若言她们之收藏糖纸，纯粹是出于对花花绿绿的漂亮小纸片的喜欢；那么，小学五六年级男生之收藏烟纸，则也许包含了初萌的性意识的表现，而这当然是连自己也不明了的——他们的父辈多是体力劳动者，一向吸便宜的劣质烟的男人，这会使他们以为，烟是成熟的男人的标志，而吸好烟是有地位的男人的标志。那么，在尚未长成大人的时候，拥有较高级的、很高级的、特高级的烟纸，似乎会使自己比别的男生们显得不同寻常。为了寻找到少见的"珍稀"的烟纸，他们往往去到列车站、干部招待所或宾馆等地翻垃圾箱，以期有惊喜的发现。而一个事实确乎是，当年刚刚参加工作的青年，正是为了证明自己有"男子气"，不久便成了烟民。另一个事实是，恰恰是在物质匮乏、经济低迷的三年"困难时期"，收藏糖纸和烟纸的男生女生反而多了，这挺符合以精神满足而替代物质拥有的人性自慰本能。但一成为中学生了，不论她们还是他们，则都放弃曾经的收藏兴趣了，因为那会被认为太小孩子气。

当年小学男生中还流行一种收藏爱好——玻璃球。我至今也未搞清楚为什么会有玻璃球这种美妙的小东西。是的，当年在我看来，它们真是美妙极了，"内含"各种色彩鲜艳的"花瓣"，每一颗都如传说中的明珠。一分钱不花单靠捡，是绝对实现不了那一种收藏的——街头小店有卖的，单色的二分钱一个；若是三色的、五色的，往往贵到三四分钱甚至五分钱一个；五分钱可以买一支奶油冰棍啊！有的男生为了拥有较多的玻璃球，常到处捡废品卖钱。玻璃球也可以进行"弹溜溜"这一种游戏，规则类似打台球，有输的，有赢的，于是会产生"高手"——能在三四米远的范围内，仅凭拇指和二指的弹力，用自己的球击中对方的球，往往十中八九，所赢多多。在小学生中，弹玻璃球的高手，像乒乓球和篮球打得好的中学生高中生一样，也是一种光环。当然，这主要是一种底层人家的男孩们的玩法，而且主要进行在底层人家居住的大杂院中。生活优越的人家的男孩，大抵是不屑于玩的，也对收藏之不感兴趣。

收藏小人书，这是当年的小学生、中学生中最有文化的一种爱好。一本小人书，再便宜也要一角几分钱，贵的两角几分钱，少有超过三角钱的。而一两角钱，是父辈们买一包烟的钱。所以，收藏小人书这事，几乎不可能成为多数底层人家的子女的爱好。我当年是有过三十几本小人书的：我要为家里买粮、买菜、买煤和烧柴，总之是家里的"购买大员"，每次"贪污"几分打回的零钱，攒够一角多了，就买小人书。拥有二十几本后，也租过小人书，再用"租金"买小人书。我父亲常年工作在外省，母亲对我喜欢看小人书持特理解的态度，而这不啻是我成长时期的一种幸运。

收藏小人书，初心肯定是因为喜欢看小人书。至今令我困惑的是，在当年，在我这一代人中，喜欢看小人书的少男少女竟然很少。太奇怪了，大多数家庭并无收音机，也不订报，家中除了自己的课本，根本再无另外的书，连小人书也不是多么地想看，不寂寞吗？如果喜欢看的多，小人书铺便应该是个少男少女多多的地方呀！但实际情况并非如此，许多小人书铺其实很冷清，有五六个少男少女在看就算不错的时候了。

那么，当年的少男少女们的成长期都是怎么过来的呢？——当年的父母子女多，一个孩子已经是少男少女了，所应分担的家务也就多了。在底层人家，独生子女的现象是极少见的。在北方，当年底层人家的生活内容特别芜杂——挑水抬水、劈柴、做煤球、洗衣被，这些活都需要大孩子来分担，照顾小弟弟妹妹，协助父母服侍上了年纪行动不便的爷爷奶奶，更是许多大孩子的分内事。当年，是哥俩的两名小学男生吃力地走十几米歇一歇地往家抬一桶水，已经上小学五六年级的女生而替母亲喂小弟弟妹妹吃饭——这样的生活场景是常见的。

所以也可以这么说，除了学习和分担家务，再聚一起玩会儿，我的大多数同代人当年其实没多少时间光顾小人书铺。当年，在家中，我看小人书读成人书的更多的时候，是在煮饭的时候。煮软一锅玉米粥或高粱米粥，需小火煮上两个多小时，并且容易煳锅，所以得有人隔会儿看一下锅。坐在矮凳上守着炉口看书，当年是我特惬意特享受的美好时光。

不论男生女生，成了中学生，至少三分之一还是喜欢看文学书籍的。喜欢看的，并且有几本的，互相自会认识起来，都乐于交换看看。即使是借的，也很可能被央求不过，又借给了第三者，而第三者借给了第四个人，第四个人再借给了别人……

三分之二还多的中学生呢，有的因为连小人书也没看过，便对成人书完全不存想看之念，此种情况会一直延续到成了知青以后——当年我所在的连队，也有禁读小说在知青中违纪流传，喜欢看的，便互相约定："你看完了我看啊，记住了！"有的则对书极为漠然，即使每晚的偷看者就是自己的邻铺亦无动于衷，并且绝不会问："什么内容呀，看得那么入迷！"有的也曾想看，但"文革"忽然发生了，短短几个月间，中国没书可看了。这两类人，后来成为一生也没看过"闲书"的人。后来有了电视，有了手机，可看的内容多之又多，他们至死也不会觉得人生有什么遗憾。

从心理学上分析——如今买包要买鳄鱼皮的，买鞋要买鸵鸟皮的，买衣则以买兽皮的为好的一些人，与当年的小男生小女生收集稀有烟纸糖纸的心理没多大区别，都是基于同一想法——我有的是大多数人所没有的。比之于动物，这种想法并不高等。动物的幸运在于，断无此种想法，也不至于使自身的存活受此所累。而人正因为有此种想法，反而容易被不必要的拥有欲望异化了人生的简明意义——有限度地拥有自然会保障人生的品质：但人生绝不是为了无限度地拥有。一个人即使活上二百年，也还是无法将世界上的稀缺之物拥有遍了。而从宏观的人类的消费现象来看，可列入"何必"范围的事物已越来越多，全人类正在受此所累。

至于人和书籍的关系，不论事实证明读书之习惯对人多么有益，在中国，在相当长的时期内，没有读书习惯的人仍不会减少到哪儿去。这乃因为——许多非实用性的书籍对人的益处是一个长久发酵的过程，而吾国恰恰快速进入了一个膜拜实用性的历史阶段。

　　但这其实不必多么地忧虑，因为——"过程"之所以谓之为"过程"，正是由于总会过去的。

从 前， 洗 澡 那 些 事

关于洗澡，我只有一次童年记忆——记不清是哪一年了，大约是五六岁时的事。春节前，父亲从外省回到哈尔滨探家。除夕晚上，亲自烧了几壶热水，一次次兑在一只大盆中，为我和两个弟弟洗澡，哥哥充当父亲的助手。

当年，绝大多数北方人家是用不上自来水的。家家都有水缸，很大，一米多高。水缸一般在厨房，到了冬季，若厨房冷，怕将水缸冻裂，就得搬入住屋。所谓住屋，即有炕晚上睡人的屋子。那样的屋子也许并不暖和，却肯定不至于冷到能将水缸冻裂的程度。我家的水缸冻裂过，花钱请锔缸师傅锔了七八个锔子后，搬放到住屋的一角了。以后再没往厨房搬，唯恐第二次冻裂。果而那样，就得买新缸。当年买一口新缸10元左右，普通的底层人家，不到万不得已，是舍不得钱买新缸的。

为了能使我和两个弟弟洗一次澡，哥哥天黑前将水缸挑满了水。我家的水缸是大号缸，若使水满，得挑两担四桶水。我家只有一间住屋，十五六平方米。冬季住屋也得生炉子，除了炕，再有一口大水缸和两只摆在一起的箱子，屋地所剩的面积很小了。

我们洗澡的大盆，直径将近八十厘米。有一户街坊早年间是开染房的，遗留下了那么大的一只盆。母亲为了让我们除夕夜洗成澡，预先与街坊增加亲密度，成功地于除夕夜将那只大盆借回了家。它再往地上一摆，站在盆两边的父亲和哥哥几乎就转不开身了。

为了将我和弟弟的身体洗干净，父亲用上了发给他的劳动牌肥皂。那种皂碱性特别大，最适合建筑工人们洗帆布工作服。所谓帆布，真的是可以做船帆的布。用那种布做的工作服，极耐磨。但一湿了，就挺硬，搓起来特费劲。父亲他们的洗法是，打上劳动牌肥皂，用草根刷子刷。

在那一年的除夕夜，父亲和哥哥互相配合，用借来的盆，用去污性强的"劳动皂"，在家里为我和两个弟弟洗了一次澡。站在盆边的哥哥负责押直我们的胳膊和腿，父亲负责用打了"劳动皂"的毛巾搓洗我们，兼顾着加热水。

如今回忆起来，颇似一场家庭仪式，也颇似饭店烤乳猪前的刮毛工作，先为两个弟弟洗的，最后才轮到我洗。父亲认为两个弟弟身体小，洗起来快，而若反过来先为我洗，时间长，盆水凉得也快，费热水。轮到我洗时，盆水确实已经不热了，壶里的水也没达到可以往盆里兑的温度，而大半盆水变成酸豆汁那种颜色了。那次被洗澡的过程并没给我留下什么美好的回忆，有三点我却记得十分清楚——为我们洗完澡后，父亲和哥哥一抬盆，漏了一地。有人坐在盆里时，盆底与地面接触得紧，漏水也不明显。没人坐在盆里了，漏水的情况就不同了。幸而我家是土地面，可以赶紧用炉灰垫。而母亲还盆时，一说盆漏，惹得街坊甚为不悦，一口咬定原本并不漏，是被我家地上的什么硬东西硌漏的；这使母亲觉得非常冤枉。而初一一早，我和两个弟弟一觉醒来，皮肤都很疼，"劳动皂"的碱性烧伤了我们的皮肤，父亲为我们搓身时手劲未免太重了。

保留在我头脑中的关于洗澡的第二次记忆，是我成为中学生以后的事——也是春节前，有户邻居家买到了一吨好煤。那户人家没男孩，最大的女孩小我一岁。我初二，她初一。我帮邻居家的叔叔将煤铲入煤棚中时，天已黑了。他给了他女儿两张洗澡票，命她陪我去公共浴池洗澡。去到那里需走半个小时，乘公交仅一站距离，也得花五分钱，不划算，所以，我俩走去的。那是我第一次在公共浴池洗澡，特别特别享受，泡在水中不愿出来。往家走时，身子轻得仿佛都能飞起来了。邻家女孩用省下的乘车钱买了两支冰棍，我俩边吃边走，她还挽着我。已经晚上八点多了，路上都没行人了。她一点儿也不怕遇到坏人，因为挽着我啊！实际上，应该说是我陪她到公共浴池去洗澡。不管怎么说，留下的记忆是美好的。

两次洗澡记忆之间的十余年，我究竟是如何过来的，每年在家洗几次澡，怎么洗的，一点儿也不记得了。推测而言，夏天时，也就是冷水擦身算洗澡罢了。

我成为知青后，在夏季，洗澡是经常事了。不论连队还是团部，附近都有小河。男女知青每每结伴去河边洗澡，男知青一处地方，女知青一处地方，无碑有界，从无过界之事。而冬季，皆在集体宿舍兑一盆热水擦身。

我是团宣传股报道员时，居然又享受到了一次泡澡的幸福——与股里的知青上山伐木回到团部后，宣传干事老陆见我出汗最多，悄悄对我说："跟我来。"

我问："哪去呀？"

他说："带你享受一下，别声张。"

老陆是大学生，所以我们尊称他"老陆"。

我不知他说的"享受一下"什么意思，半信半疑地跟在他身后。他将我带到了一处有浴池可以泡澡的地方，与城市里的公共浴池毫无差别。我调到团部一年多了，此前从没听说团里竟有那么一处可以用热水洗澡的所在，而且除了我俩没别人。我的身子一没入水中，确实觉得无比享受。还出了一段小插曲——那里是仅供团首长洗澡的地方，老陆兼是团长秘书，便也有资格享受特殊待遇。那天又是星期日，满池清热之水，倒被我俩最先享受了。第三个去往那里的是参谋长，他悄没声地找来了两名警卫班的知青：三个没脱衣服没脱鞋的男人，很突然地出现在老陆和我眼前。

参谋长为什么会那么做呢？

因为我的一双鞋引起了他的怀疑——当年我瘦，脚也瘦，穿的是一双37号的翻毛皮鞋。而老陆个子高，脚大，穿的是一双大头鞋。两双鞋脱在浴池外，不论谁见了，都会怀疑一男一女正在里边同浴。后来，那事成为宣传股的笑谈。

在我的知青岁月中，在北大荒，就享受过那么一次洗热水澡的幸福。

成为复旦大学的学生后，真正说得上是洗澡的次数自然多了，却也不是每天都可以洗的。在我记忆中，似乎以系别分出了洗澡日，凭学生证方可入内。而我们中文系的洗澡日，似乎规定在星期六。

洗热水澡这件事，一旦不成其为难事，渐渐便没了享受感、幸福感。然而对于普通的中国人，能洗一次热水澡毕竟还不是一件常态的事。所以，即使家在上海的同学，即使周日，也都宁可晚点儿回家也要在学校洗罢一次澡。因为，如果不是高干子女，谁在家里也不可能洗上热水澡。

当年，上海的冬季室内怪冷的。虽然我是北方人，起初也难以忍受室内的阴冷，不得已买了热水袋。而洗脸洗脚时若不往盆中兑些热水，也会使人不愿碰水。我们中文系同学住四号楼，四号楼是留学生楼，共四层。留学生们住在四层，供暖。以下的楼层我们住，不供暖。但二层的公共洗漱间有暖气，估计是出于向四层供暖的维修工作的考虑。我虽非理工男，但有时也会脑筋急转弯一下，产生出某些利己智慧。于是四处留意，寻找到了一节塑料管，套在暖气片的放气阀门上。每天早晚洗脸洗脚时，将塑料管另端放入冷水盆中，拧开阀门，片刻排出的热气会将冷水喷热。别的同学见了，依法而做，遂成公共福祉。

不久前见到一位中文系同窗，彼笑曰："不少当年的中文系同学挺感激你。"

我问何出此言。

彼答："当年多亏你有创造精神，使我们在冬天也能享受到用热水洗脸洗脚的幸福啊！"

我成为北影人后，洗澡更是经常的事了。每周六公共浴池开放时，每可在其内见到谢添、谢铁骊、于洋、管仲祥等老演员和名导演。有时，还共用一个花洒。那种情况下，关系自然亲近起来。我老父亲与我同住时，每周六必洗澡。对于他，洗热水澡是晚年的幸福之一。

我调到中国儿童电影制片厂后，厂内当然也有公共浴池，也是周六开放。并不住在童影宿舍的同志，皆在厂内洗罢澡才回家，几无例外。当年，对一切单位而言，有无公共浴池是单位等级划分的标准之一，而每周能在单位洗一次热水澡，也是中国单位人的重要福利之一。

记得有一次，厂里开职工代表会议，讨论内容是要将每周免费洗澡一次，改为卖澡票，每张两角。我是坚决的反对者之一。并表示，宁愿由我个人出每年因烧洗澡水而烧的煤钱。童影人少，因烧洗澡水一年用不了几吨煤的。我之所以坚持，实际上是觉得，免费一旦变成收费了，虽然只不过是象征性的，那也会使福利打了折扣，破坏我和大家洗热水澡的幸福感。

大约 2000 年后，我家也安装了热水器。

那时父亲已病故，母亲住在我家。

第一个在家里洗上了热水澡的是我母亲。

小阿姨帮她穿衣服时，我从旁问："妈，幸福吗？"

母亲由衷地说："当然幸福啦。妈这辈子也没痛痛快快地洗过几次热水澡啊，能不觉得幸福吗？"

隔了会儿，她又忧伤地说："可惜你爸走得太早了，一次也没享受到这种福。"

母亲的话，也使我忧伤了。

如今，许许多多的农村人家也都安装了洗澡热水器。

如今，为了省时间，我理发后基本不洗头，宁愿回到家里冲一次热水澡。

如今，开会驻会时，洗漱间明明有浴缸，也并不想享受泡澡的幸福了，每天淋浴一次就不错了。往往，由于懒，连淋浴也不。我住过的宾馆，有的洗漱间颇大，装修也很上档次，既有淋浴设备也有浴缸，使我不禁会这么想——多么好的洗浴空间，我却不想泡个热水澡，太对不起它们了。

如今，据我估计，大多数宾馆、饭店、会议中心客房的洗澡间里，浴缸基本是摆设。人们已普遍认为淋浴才是卫生的洗浴方式，泡热水澡已不属于身体享受。

我家洗浴间不大，也就没有浴缸。

但对于我，在家里就能洗一次热水澡仍是一种享受，并仍觉得是一种幸福。每每，会由而想到父母以及全中国千千万万我这一代儿女的父母们——他们中许多人生前，从没能够住进楼房，在家里洗过一次热水澡，更没坐过一次自己家拥有的汽车。

那曾经是他们的中国梦吗？

我想，大多数的他们，估计连那样的梦都不敢做的。正如 45 岁以前的我，住在没有厨房没有私家卫生间的筒子楼里的我，而家只不过是一间 14 平方米多一点点的四壁多年没粉刷过的房间，不敢梦想自己后来能够住上单元楼房，有单独的写字间，可以在家里上厕所、洗热水澡，而且，摆一台跑步机……

我这一代人的前半生以及我父母那一代普通中国人一生都不敢向往过的中国梦——如今，毕竟在许多方面成为现实了。

故我这个中国老男人，关于我们的国家，现在已很敢有更高的要求和梦想了——为我们的下一代，更为下一代仍健在的爷爷奶奶、姥爷姥姥们。

我也会经常在内心里这样祝祷——中国的老人们，老寿星们，好好活呀，中国应该带给你们的福祉，从前是太少太少了，少到不知从何说起的程度！但以后，肯定会更多起来的。

你们活着时能享受到的国家福祉越多，后人的内疚便越少，国家的发展意义才越大！

从 前 ， 购 物 证 那 些 事

在我记忆中，在东三省，购物证是"三年困难时期"才发的。

那时，对于每一个城镇家庭，购物证的重要性仅次于户口和购粮证。

当年，哈尔滨人家的购物证，不仅买煤、买烧柴非出示不可，买火柴、灯泡、香皂肥皂、烟酒、红白糖、豆制品、蔬菜、生熟肉类也要用到。

购物证的主要作用体现于购买日常用品与副食两方面。一度，连买线（不论缝补线还是毛线）和碱也要用到它，凭它还可买"人造肉"和"普通饼干"。

"人造肉"是最困难那一年的产物，具有研发性——将食堂和饭店的淘米水收集起来，利用沉淀后的淀粉制成的。淘高粱米的水制作瘦肉；淘大米的水制作肥肉；淘小米和苞米糁子的水制作肉皮。估计肯定得加食物胶、味精什么的。凝固后就成了肥瘦适当的带皮肉，红白黄三色分明，无须再加色素。

"人造肉"那也不是可以随便买的，同样按人口限量。我为家里买过一次，豆腐块那么大的一块，倒也不难吃，像没有肉皮成分的肉皮冻。

"人造肉"是昙花一现的副食，因为四处收集淘米水并非易事，所获沉淀物也甚少，人工成本却蛮大的，没有推广的意义。

"普通饼干"是相对于蛋糕、长白糕、核桃酥、五仁酥等点心而言的。那类点心还在生产，商店柜台里也有，因不是寻常人家舍得花钱买来吃的，所以形同"奢侈食品"。

"普通饼干"却便宜多了，才四角几分钱一斤，每斤比蛋糕等点心便宜三角多钱。

什么东西一限量，还凭证，买的人家就多了。在当年，那也是刺激消费，加速货币回笼的策略。但老百姓也有自己的一笔账——买一斤"普通饼干"才收三两粮票，价格又便宜，性价比方面一掂量，觉得买也划算。偏不买，似乎反倒亏了。

我为家里买过几次"普通饼干"。每次买到家里，母亲分给我和弟弟妹妹几块后，重新包好，准备送人。父亲是"三线"建筑工人，母亲独自带着我们几个孩子度日甚为不易。不论遇到何种困难，不求人就迈不过那道坎去。底层人家的母亲想求到什么有点儿地位的人那也是相求无门的，被麻烦的只不过是些街道干部、一般公社办事员而已——那也得有感激的表示呀，而"普通饼干"勉强拿得出手去，别人家的孩子很欢迎。

有次，我们劝母亲也吃几块。母亲从没吃过，在我们左劝右劝之下，终于吃了两片，并说好吃。

估计当时母亲饿了，竟又说："快到中午了不是，干脆，咱们就把饼干当午饭吧。"

于是母亲煮了一锅苞米面粥，我们全家喝着粥，将一斤半饼干吃了个精光。我为家里买过多次饼干，只有那次，没送给别人家。

火柴、灯泡也要凭购物证买的日子很快就过去了。据说，那等日常所用之物也要凭证买，是由于木材和玻璃首先得还给苏联，紧急抵债，某些火柴厂和灯泡厂一度垮了。"困难时期"的国家似乎什么都缺，所以收废品的什么都收，碎玻璃也能论斤卖钱，牙膏皮子一分钱一个，胶鞋底三分钱一个。

后来，购物证变成了副食证，香皂肥皂改为凭票买了。凭副食证所能买到的，无非烟酒、红白糖、生熟肉、豆制品而已。再后来，那些东西也发票了。

为什么既有副食证还要发副食票呢？

这是出于相当人性化的考虑——如果买什么副食都须带证，它就很容易丢。一旦丢了，一户人家一个时期内就吃不上副食了，补发要级级审批，是件相当麻烦的事。也体现着一种对于底层的不明说的关爱，生活特别困难的人家，可以将副食票私下交易成现钱，以解缺钱的燃眉之急。

但绝不意味着副食证就完全没意义了。发一切副食票时，既要看户口，也要在副食证上留下经办人盖的章。

秋季供应过冬菜，副食证仍用得上。国庆节买月饼，春节买特供年货如花生、红枣、茶、粉条，没有副食证是绝对不行的。除了粉条，别种特供年货供给得极少，具有象征性，意思意思而已。

某几年，哈尔滨人春节时能凭证买到明泰鱼和蜜枣。明泰鱼是朝鲜回报中国的，蜜枣是古巴回报中国的，因为我们对他们的援助是慷慨大方的。从前几年吃不到鱼，哈尔滨人对明泰鱼大为欢迎。古巴蜜枣很好吃，特甜。不幸的是，引发过肝炎，民间说法是"古巴肝炎"。

在干部阶层，副食证确乎没多大实际用途。当年，即使科级干部，享受较多种的副食也根本不是个问题。国家规定，科级干部每月额外供给一斤红糖、二两茶、三斤黄豆，民间戏称他们为"糖豆干部"。关键不在于糖豆，只要是为科长，买过冬菜便大抵有人送菜到家，而且肯定是好菜。入冬前买到好煤、好烧柴，也基本上能心想事成。而谁家的父亲若是处级干部，那么连购粮证对其家庭也没什么实际用处了。每年秋后，处长们总有办法为家里搞到几袋子新米新面的。而谁家的父亲若是局级干部，且子女少，那么其子女对于"困难时期"大抵是没有任何切身印象的。如果他们说自幼是吃面包红肠长大的，虽未免夸张，却也并不完全是虚言。我下乡后，曾与一位被"打倒"的局长的儿子关系友好，他每向我忆起小时候的幸福生活，形容面包夹大马哈鱼子酱，吃起来滋味如何如何。而我，此前竟不知有种鱼叫大马哈鱼，更不知鱼子还可以做酱。

我印象中，购粮证取消后，副食证似乎仍存在了一个时期——买鸡蛋需要它。那时我已成为北影人了，一听说北影家属区的商店来了鸡蛋，也会二话不说跑回家，带上副食证再匆匆去往商店。那时我已当爸爸了，哪个爸爸不希望儿子在成长期多吃点营养丰富的东西呢？而20世纪80年代初，即使在北京，鸡蛋也是按人口供应的，且平时买不到。

现而今，我已不吃鸡蛋许多年了。人们的食品保健常识普遍提高，不少胆固醇高者，虽仍喜欢吃鸡蛋，却只吃蛋白，不吃蛋黄了。在吃自助餐的场合，桌上每剩完整的蛋黄。而完整的蛋黄，差不多等于半个鸡蛋。我见到那种情形，便替母鸡感到贡献的悲哀，于是心疼。

我也是胆固醇高的人。由于不忍弃蛋黄如弃蒜头葱尾，干脆，连鸡蛋也不吃了。

今日之中国，举凡一切副食，几乎没有不过剩的。与从前之中国一切副食的匮乏相比，委实令人感慨万千。

匮乏是从前的问题。

过剩是现在的问题。

解决匮乏问题，中国实际上只用了二十几年。

而不仅吃的，从服装到家电到汽车，似乎许许多多商品都过剩了。某些商品从最新到过剩，时期也短得可用"迅速"一词来形容——商品过剩，各行各业竞争激烈，淘汰无情，反倒成了中国继续发展的大困境之一：某些商品的严重过剩，则意味着某些行业的工人面临失业的危情。

引领世界上人口最多的国家一帆风顺地前进，端的不易啊。

怎么会容易呢？想想吧，一百多年前，全世界才十六亿人口左右……

涨 工 资 那 些 事

知青是我的第一份"职业"。

当年我们黑龙江生产建设兵团知青的工资是 32 元。我所在的一团地处北疆边陲，享受 9 元的寒冷地区补贴，所以我实际上的工资是 41 元 8 角 6 分。

为什么还多出了 8 角 6 分，我至今也不清楚。

1975 年兵团知青的工资普遍涨了 5 元，但与我无关了。1974 年我上大学了。

1977 年我从复旦分配到文化部再分配到北京电影制片厂，工资是国家规定的 47 元。

几年后逢一次涨工资的机会，却不是普涨，而是按百分之多少的差额涨法。

差额涨工资法是件不太容易进行得好的事——想想吧，一百人中仅二十人涨工资；五十人中十人涨工资：二十五人中五人涨工资——工资关乎一辈子的收入，还关乎退休金的多少，谁能根本不重视呢？

差额涨工资法的过程却是相当透明的，也可以说很周到地体现了中国式的民主集中制。先要由群众选出资格评定小组，该小组必有领导成员参加，对小组起领导作用。接着要自己在本部门公开表明放弃或竞争的态度。若不放弃，自己则须在本部门陈述自己的资格，往往的，想不替自己当众评功摆好也不可能。

于是产生了第一批希望涨工资的人的名单。

当年的北影编导室五十余人，最终有十人获得广泛同意，由评定小组报到厂里，再由厂评定小组进行终评。

如此这般，想不民主都不可能，想不公平也不可能。厂评定小组内部掌握数个名额，以备某同志确有资格涨工资，却因为这样那样的人际关系原因在部门初评时没入围，可以由厂里特批。

当年我们编导室的评定顺顺利利，几乎是在一团和气的情况下结束的。全厂的评定也波澜不惊，没发生任何争执之事。这乃因为，北影是艺术单位，评起来简单——当编辑的组到过什么好剧本没有？当导演的导出了什么好电影没有？好不好，业内和观众反应便是公论，谁也无法将"有"否定为"无"，谁也无法将"无"偏说成"有"。申报人的贡献和成就是明摆着的，资格比不过别人争也没用。放眼全厂，演员及服、化、道各群体，透明度是相同的。

但以上顺利情况，是20世纪80年代以后的情况，是艺术单位的特性所决定的。

据我所知，在20世纪80年代前，在企业单位，每次以差额之法涨工资，全国都会发生若干起不良事件——有疯了的，有寻短见的，有怀恨伤人的。

对于早年间的中国人，一向也没什么实际利益可争的，涨工资遂成最大利益。比如在某工厂的某车间，众人同时上班，同时下班，各守一台车床；别人完成了多少工作量，我也完成了多少工作量；别人迟到的时候少，我迟到的时候也少；别人加班了多少天，我也加班了多少天：那么，凭什么给别人涨工资，不给我涨工资？资格差距不明显，仅给百分之多少人涨工资，很容易产生矛盾。不但有自己为自己争的现象，还有师傅为徒弟争、徒弟为师傅争、父为子争、子为父争、夫妻为对方争、对象为对象争的现象。其实，对于工人，涨一级工资，无非就是以后每月多了五六元或七八元钱而已。但在当年，每月多五六元或七八元钱，日子过起来还就是不一样。

当年的工人级别，最高八级。少数工种没八级，同是建筑工人，瓦工有八级，抹灰工就只有六级，因技术含量低于瓦工。而同是车床工，钳工的工资也比同级车工的工资高几元。

不论任何工种，在当年，八级工不但要技术高超，还须起码有一项技术革新成果。所有的工种都算上，从新中国成立以后至"文革"结束，全哈尔滨市也没几位八级工。故八级工，往往又被视为"工人工程师"。

当年，在全中国，七级工也是不多的。能成为七级工，除了技术过硬，还须是多年的先进生产者或劳动模范。

当年，在全中国，不论哪一行哪一业的工人，退休时能成为六级工，那也足以令人刮目相看了。估计，全中国的六级工人，往多了说也不会超过百分之五六。

当年，在全中国，一名工人能在成为五级工以后退休，便是很令工人阶级羡慕的事了。五级是全体工人阶级退休前难以超过的级线。

所以，当年工人阶级按比例涨工资时的争，大抵是表现于五级以内的争。而五级以内（包括五级）的工资差，最大也不超过 10 元。

争还因为，当年涨工资，并无工作了多少年必须涨一次工资的硬性规定。此一次自己没涨上，下一次何年何月再涨，谁也说不准。而涨工资，同时也意味着级别上调了一次。20 世纪 80 年代前，许多二级工、三级工、四级工，十几年没涨过工资了。如果不是普涨，谁又能置身事外似的不争呢？——这样的人有也不多啊。

北影那次涨工资，我主动放弃机会了。

这倒不证明我有多高的风格，而仅仅是一种明智使然。我是编导室最年轻的新人，也是参加工作时间最短的人，一无任何贡献，二无任何个人文艺成果，根本没有被评定的资格。

我在北影的十一年间，似乎经历了两次工资普涨。1988 年底调至中国儿童电影制片厂后，又经历了一次工资普涨。后来，全中国开始工资制度改革了——艺术单位，工资要与艺术职称挂钩了。像电影制片厂这样的单位，服、化、道工作人员包括灯光师，也要评出初、中、高三级职称。童影当年对以上几类同志的职称评定，主要集中于初、中级范围内。因为童影是新厂，他们皆年轻人，尚欠专业历练，来日方长。对他们的职称评定，基本做到了人人满意。童影导、摄、录、美四大部门的同志中，却不乏从业时间较长，水平较高的同志。也有从业时间虽然不长，却颇有成就的年轻同志，如由摄影改做导演的尹力、冯小宁，都导过获奖电影——按此点而论，都有资格评为一级的。但名额有限，若他俩评上了一级，从业时间较长的老同志则有可能评不上一级了。以后哪一年再评，也是谁都说不准的事。而若某人明明有评一级的资格，仅因名额所限，致使人家直至退休也不是一级而是二级，则不论对他们本人还是对评定者，都不能不说是憾事。

当年我是评定委员会委员。

我放弃了一级职称申报机会。这样一来，尹力和冯小宁委屈自己，也加入了二级职称申报者中。少了三名一级职称申报者，童影厂的一级职称评起来容易多了，却也带来了新问题——二级职称申报者又多了。

于是，我干脆连二级职称的申报资格也放弃了。

按起初打算是——一级职称厂级评定组要到郊区什么地方住下几天，不受干扰地将工作进行完毕。

我坚持这样一种原则——资格难分高低的前提下，按退休时间早晚排序，早退休者优先。这样的原则一经认可，似乎复杂的事完全可以简单来做了。有同志的申报材料很厚，没必要非看。谁的资格怎样，同事之间差不多是一清二楚的。

我们便没到什么地方去住下，两个小时内将事情结束了，基本都没意见。

我虽在电影厂工作，却主要致力于文学创作。而对于作家，那种评级没什么实际意义——作家是怎样的作家，最终要由作品怎样来证明，因而才对个人职称不太重视。

我记不清楚自己具体是哪年哪月评为一级作家的了——肯定是电影系统第二次评职称之后很久的事。那次我也没报个人申请，北影一级摄影家李晨生同志当年是总局评定委员会委员，一日他在路上遇到了我，说总局很重视对我的职称评定，认为这一次再不能"漏掉"我了，代表总局评定组告知我，他们一致同意特事特办，我只写份申请即可，创作成果部分可略。他们很急，因为把我的职称评定解决了，总局评定组才好正式宣布完成历史使命。

我便将他请到家中，当即写罢一页纸的申请，问他可以不可以。

他看后说："我觉得可以。"

几天后，童影厂办的同志通知我："你的一级职称通过了。"

当年事业单位的人们之所以对职称也很在乎，主要因为职称与住房分配挂钩。一级与二级，在住房分配方面有一定区别，相差二十来平方米呢。但这是理论上的区别，依各单位具体的房源是否充足而定。童影厂当年的房源极有限，分给我的住房已体现着对我的十二分的厚爱了，令我至今感激不尽。我的住房问题当年与我的职称实际上不发生关系，这也是我不太重视职称的原因。

几年后我调入了北京语言大学，我曾有过的文艺职级对我完全没意义了。我同样感激李晨生他们，他们对我真是十分厚爱。若非他们当年那么上心于我的职级之事，我可能会成为没有过文艺职级的作家。

如今，职级对于年轻一代文艺界的朋友，已没当年那么大的吸引力了。房改之后，绝大部分中国人已不能再分配到公有私住的福利房，职级与住房待遇脱钩，含金量大打折扣；文艺单位实行体制改革后，绝大部分变身为企业性质，而在企业人的工资结构中，效益工资占了不小的比重。如果单位效益好，大家的效益工资多于职级工资的那点儿差别。社会对文艺界人士的认可度，亦远超过职级的肯定性。在文艺界，对于老同志，职级似乎更是一种曾经获得过的荣幸；对于新同志，则是勉励方式。

然而不能因此认为，当年的职称评定毫无必要。回头看，当年的职称评定，确确实实体现了国家在改革初期，经济能力刚有好转的情况之下，对全体知识分子的及时关怀。

当年的中国，解放生产力是发展的首要任务。而改善居住窘况对知识分子的长期困扰，有利于极大地激发他们投身于改革开放的丰富潜力。

在所有生产力中，知识性生产力是火车头。

故可以这样说，今日中国之辉煌成就中，也包含了各行各业前几代知识分子的贡献结晶。

历史与现实一向有着重叠的部分。在现实的大地上，也一向不难发现从前岁月的投影——好的中国故事，更是从历史中走来的中国的故事……

衣帽鞋袜那些事

一

在我记忆中，在我下乡前，似乎只穿过三次新衣服。

一次是五六岁时，大年三十儿的晚上，父亲从沈阳或吉林回家，给我买了一件新棉袄。当年东三省是重工业基地，身为东北建筑总公司一名工人的父亲，支援辽宁和吉林两省的大厂建设，工资是有补助的。收入多了，父亲高兴，就为我和哥哥各买了一件棉袄。晚饭后，我出去放小鞭，邻家孩子放的"滴滴花"将我的棉袄烧出了一个大洞。父亲很生气，扇了我一巴掌，从此我口吃了。关于我的口吃，在自己的哪一篇小文章中曾写到过；并且，也作为情节在电视剧《年轮》中出现过。

我第二次穿新衣服，是在小学二年级时。记得很清楚，已经入秋了，再过几天就要开学了，母亲为我买了一件紫色的秋衣。穿上新秋衣后，母亲命我去打酱油。我一路走得很快活，那时的我开始爱美了，新秋衣使我觉得自己的样子肯定挺神气。当年的北方百姓人家几乎都有盛酱油的大玻璃瓶子，可装三斤酱油。那种大瓶子，空的也不轻，装了三斤酱油后，对于一个小学二年级孩子挺重的了。我是抱着它回到家里的，放下后，新秋衣被酱油染了一片。即使有漏斗，往瓶子里倒酱油时也不可能完全不洒在外面呀。母亲命我立刻脱下新秋衣用清水泡盆里，怕不立刻那样酱油色洗不掉了。母亲并没责备我，只怪自己不该让我一次买三斤酱油。尽管洗得及时，新秋衣干后还是留下了难看的痕迹，也缩水了，穿着不那么合身了。在相当长的日子里，我挺恨那个小杂货铺子为我打酱油的男人。依我想来，他应该用纸替我将瓶子擦干净。

当年百姓人家的孩子能穿上一件新衣服是不寻常的事，所以我记忆深刻。两次新衣服上身，转眼就成了破的、难看的，足见我小时候是个倒霉蛋。

哥哥长我六岁，我经常所穿的是他穿小了的旧衣服。在从前，弟弟妹妹接着穿哥哥姐姐穿小了的旧衣服实属正常，家家如此，我也从没半点委屈感。

第三次穿新衣服，我小学五年级了，母亲用白布和蓝布为我做了一套队服。我已经是少先队员了，有一身队服是学校要求，必须的。如果连白球鞋也算上，商店卖的一套正规的队服十几元钱——两个弟弟都先后上学了，父亲已成了"大三线"建筑工人，每月寄给家里的钱却并不多。生活开销大了，母亲舍不得花十几元钱为我买一套队服，这是当年的我也能够理解的。全班有十几名学生的队服是母亲们做的，我是其中之一，不怎么觉得成为面子问题。

但，商店里卖的正规队服是制服样式的，领子袖子挺讲究，母亲们的手再巧也做不成那样。并且，队服的上衣是雪白的一种白，民间的说法是"漂白布"做的，布店里却不经常能见到"漂白布"，能买到的往往是一般白布。一般白布的布纹粗，白中泛黄，厚，然而比"漂白布"便宜，因为纺织工序上少了几道。即使白不白的姑且不论，样式如何也别计较，有两点却毕竟会使我们买不起正式队服的同学们尴尬——一是我们都不能同时拥有白胶鞋。好在当年有白鞋粉可买，才两三角钱一盒，可用多次，能将我们常穿的旧布鞋、胶鞋染得接近白色。如今想来，专以少先队员为销售对象的白鞋粉，与专以中学生为销售对象的两分钱一片的墨水片一样，都是为家庭生活困难的孩子们专门生产的商品，体现着一种特别人性化的生产理念，也可以说是社会主义优越性之一。二是皮带问题。队服的正规穿法，是要将白上衣扎在蓝裤子内，而这就得有皮带。一条皮带的价格对于生活困难的人家是很贵的，有的父亲们一辈子都没扎过皮带，仅以布带子束腰，哪里会舍得钱为孩子买皮带呢？当年，"革"的生产难以见到。即使已普遍了，若一户人家孩子多，那也断不会为了使孩子们个个都有一套正规的队服而给每个孩子买一条"革皮带"的。所以，许多少先队员在被要求穿队服的日子里，只能依然腰系布带，不将白上衣扎在蓝裤子内。于是，情况往往这样——在学校举行某种列队仪式时，穿正规队服的少先队员排在前边，队服不合格的少先队员排在后边，这当然会使排在后边的学生自尊心受伤。

是的，在我头脑中，下乡前，似乎就有以上三次穿新衣服的记忆。

我上初一后，哥哥患了精神分裂症，两个弟弟一个妹妹也都上学了。家庭生活更困难了，我也就更难得穿件新衣服了。但父亲每年会往家里寄些他在工地上捡的破旧工作服，家里也有了一台旧缝纫机（母亲一度参加工作后下决心买的）——父亲寄回家的破旧工作服是他洗干净了的，都是很结实的小亚麻布制成的；而母亲很喜欢踏缝纫机，善于将父亲寄回的破旧工作服改成适合我们几个孩子穿的衣服。

我下乡前一年冬季，出家门时穿的衣服是"最北方"的——里边是秋衣，外边是没有外罩的光板山羊皮大衣，是母亲用父亲寄回的羊皮片拼做成的，而脚穿一双大毡靴，头戴从邻家卢叔收破烂的手推车上挑拣到的一顶旧狗皮帽子，毛快掉光了。我当年走在街上的样子，像北极人，也像电影或电视剧中的东北深山猎手。

来年六月我下乡时，穿的也是一身旧衣服。

二

如今回忆起来，当年北方城市人做衣所用之布料无非以下几种——平纹布、斜纹布、条绒布、小亚麻布、哔叽、呢子。

在我记忆中，平纹布似乎才两角八分一尺，是所有布料中最便宜的。顾名思义，其纺织纹理是简单的十字交叉式，由经纬二级纺成，薄，易洗，透气性好。由平纹布做的衣服不耐磨，不经穿。

斜纹布比平纹布贵些，大约四角几分钱一尺。是在平纹之上多纺了一道的布料，民间也叫"双层布"，自然厚些，看起来也高档些。也自然经磨，透气性却差些。

平纹布适合做夏季穿的衣服，凉快。大小姑娘的裙子多用平纹布做，发飘。平纹花布样式也多，因为从纺织工艺上讲，着色效果更佳，所以百姓人家的被面褥面多选择平纹花布；当年没有洗衣机，手洗省些力气。

平纹斜纹之间，每尺价格不过相差两角钱左右，但若一户人家上有老下有小，五六口人仅靠"当家的"一人所挣四五十元维持生活，便会以买平纹布为主。一尺相差两角钱，十尺就相差两元钱呢！几套衣服或两床新被面做下来，那不多花十来元钱了吗？当年，十来元钱对那样的家庭是极其在乎的；若向工会申请困难补助，一次十元必经多级批准方能领到。

即使在一般百姓人家，情况也往往是这样——老人和未上中学的孩子，通常所穿大抵是平纹布做的衣服。老人已不怎么干活，衣服无所谓经磨不经磨；没上中学的儿女，对什么布做的衣服也没要求的资格。是家庭妇女的母亲们，穿衣服的档次不可以高过老人们。若某儿女上了高中，那么他或她有资格和父亲也就是"当家的"一样穿件斜纹布做的衣服了。实际上，父亲们一年到头穿的是工作服，只在年节才穿上件斜纹布做的衣服。有的父亲们，即使在年节穿的也是省下的新工作服。从此点上说，他们真是名副其实的"工人"啊！

"哟，还是斜纹的！"

若别人家大人对谁家的老人或是小学生的孩子发此种议论，则弦外有音。如果是对老人说的，有表扬其儿女孝心敬老的意思；如果是对孩子说的，则不无挖苦的成分。言外之意是——你爸妈可真舍得为你花钱！

条绒布又叫"灯芯绒""趟子绒"，纺织过程加入了羊毛，所以有绒的质感。一道隆起的纹路，使此种布料像呢子一般厚实，保暖性强，每尺价格几近斜纹布的一倍。

当年，对寻常百姓而言，条纹布是较高档的布料，多见于黑色、铁灰、深蓝、浅蓝、砖红、桃红、青绿、紫色。

生活条件好的人家，喜用此种布料做半大衣：长不过膝的那种。穿条绒半大衣的，多是男女青年，起码是高中生，会使他们看起来很绅士，使她们看起来挺摩登。那种衣服多是在成衣铺做的，自己做怕一剪刀剪错了，糟蹋了布料。洗后也要熨，否则走样。又得在成衣铺做，又得熨，于是有了种阶层的标志。

我的父母20世纪90年代以后才穿过条绒布做的衣服，都没穿几次便先后辞世了。当年我家五个子女，20世纪90年代之前谁都没穿过条绒衣服。

回忆起来，当年我的初中男同学中，也没谁穿过条绒衣服。我也没见他们的父母穿过。

当年我们那条街上，有户人家的父亲是裁缝，从铺子里带回家一些紫色条绒布边角料，当母亲的用来为大女儿做了一双棉鞋。她已经是初二女生了，平日我也没觉得她好看过，但自从见到她穿上了一双紫色高腰棉鞋，她在我心目中就似乎变成小美女了。一日我俩同时出现在小人书铺里，她坐我对面，聚精会神地看一本小人书，我却心猿意马看不下去自己手中的小人书，不时暗瞥她的鞋。她穿的是红袜子，在棉裤腿和棉鞋之间露出一小截。又是红又是紫的，使我魂不守舍。用现在的说法是，当年那初二女生的那双脚，给我留下了极其性感的印象。后来，听是街道小组长的我的母亲说，她母亲向我母亲抱怨，学校不允许她再穿那样一双鞋入校门了，认为"很资产阶级气味"。她觉受辱了，一回到家就大哭了一场。

"我费了不少功夫才做成了那双鞋，孩子也挺爱穿的，不许穿不白做了吗？"她母亲如是抱怨。

我母亲则说，学校有学校的规矩，不往学校穿就是了。告诉咱闺女，在咱们街道地面上穿，我这个小组长绝不干涉。姑娘家穿双好看的鞋怎么了？黑色的就可以，紫色的就是个事了？阶级是用颜色来分的吗？什么政治水平！……

当年我很支持母亲的态度，认为我母亲的话才是有水平的话。而那个初二女生所穿的紫色的棉鞋，是"灯芯绒"给我留下的最深刻的印象。

小亚麻布是相对于亚麻布而言的。

亚麻布主要用于工业方面，当年一切轮胎的内里都要衬一层亚麻布，估计现在也仍如此。军用帐篷、车篷、罩布，船的帆布同样要由亚麻布做成。故亚麻布的别一种说法是"帆布"。小亚麻布即纹理较细的帆布，主要用来做钢铁厂的电焊工、车床工、煤矿工、搬运工和消防队员的工作服。一般的布衣，被火星溅上了就是一个洞，小亚麻布的工作服不会那样，且极其耐磨。

一般居民人家不会用布票买小亚麻布的，想买也买不到。但是以上工人们，一年四季经常穿的是小亚麻布工作服。以上工人不在少数，所以小亚麻布衣服也算中国人当年所穿的衣服之一种。我父亲当年从四川寄回家的破旧工作服都是小亚麻布的，所以下乡前的我和弟弟们，经常穿小亚麻布的衣服裤子，由母亲用缝纫机"改造"过后，更厚了，走路都会发出摩擦声，却极板挺，像布做的夹克。我是复旦大学工农兵学员时，曾在江南造船厂"学工"，分在女子焊工班，焊工皆二十几岁的姑娘。除了睡觉，她们每天穿工作服走在路上和在厂里的时间，比在家里不穿那种工作服的时间多得多。在当年的我看来，如果工作服做得样式美观，会使穿着的女性具有一种特殊的美。现在我明白了，除非工作需要非穿不可，不论男女，是不宜经常穿那种质地过硬的工作服的，因为会限制动作的灵活性。久而久之，易造成不同程度的关节病。

在当年，哔叽和呢子是最高级的布料，一般人肯定是买不起的，一般的裁缝铺子也不敢接下活咯。据说，全哈尔滨就两家裁缝铺子敢接那种活，一在道里，一在南岗。南岗的专为各级别干部们做；道里的为其他有身份、有地位、收入高的人士做，如大学教授、重点中学校长、文化艺术界名流、大厂厂长和高级工程师们。

我下乡前，仅在现实生活中见到过三个穿哔叽和呢子衣服的人，都是男人。一次是学校组织参观东北烈士纪念馆时，学校请了一位离休老军人做报告，是原东北军的一位将领，后来加入共产党，新中国成立后授大校军衔。他穿一件旧的黄呢军上衣，胸前佩数枚勋章。同学们说，他的上衣是"将校呢"做的。第二次是"文革"中，在批斗一位文艺人士的现场，他身旁的架子上悬一套看上去特别高级的中山装，批斗者们说那是出国演出装，回国后被"据为己有"了，但他自己坚持辩诬，说是领导"奖励"给自己的。那日我终于见识到了"哔叽"衣服是什么样的。第三次的时候我已经是黑龙江生产建设兵团的知青了，兵团推荐我到省出版社实习。一日，老社长出现在编辑部，穿一件旧的灰呢大衣。他视察离去后，编辑们说他是十一级干部，为他配有一辆上海牌专车。

除以上三次外，我再就只在电影中见过穿哔叽和呢子衣服的中国人。

依我想来，当年，全中国的县长或县委书记们，估计也是不大穿哔叽或呢子衣服的。他们经常出入农村，穿那种笔挺的衣服，肯定会给别人以脱离群众的印象吧？

在兵团，我见过正副司令员、某几个师的师长，都是现役军人。正副司令员都是少将，师长们都是大校；但当年也都不穿"将校呢"的军装了，因为军服制度改变了，军服多是斜纹布、"的确良"或"的卡"做的了。

20 世纪 80 年代初我参加工作后，为父亲买了一件呢子面的羊毛大衣，但父亲实际上没穿过几次，说"太沉了"，并不多么喜欢穿。父亲是在冬季去世的，大衣随父亲火化了。

如今，在中国，在秋冬两季，已经很少有人穿呢子大衣了。羽绒服的样式太多了，要买厚的有厚的，要买薄的有薄的，比之于呢子大衣，保暖性和轻便性都更受青睐。而"哔叽"这种衣料的衣服，似乎已经不见了——它未免太笔挺了，会使穿上的人变得像"压模人"，而胖人穿上又很不好看。

至于"的确良""的卡"一类衣服，有几个从 20 世纪 80 年代过来的人没穿过呢？从前的中国人，曾以穿那种衣服为时兴，以穿布衣为"落伍"；后来，意识到穿衣服嘛，还是以布料有几分棉或毛的成分为好，于是开始选择"混纺"的了；再后来，对有化纤成分的布料、衣服开始排斥了，买前往往会一再问："真是纯棉的吗？"——又于是，"假纯棉"的布料或衣服充斥市场，正所谓"十年河东，十年河西"。工业之发展自然对人类造福多多，但若论到"吃穿"二字，则还是几千年的农业文化所积累的常识、经验和成果，更符合人类的健康需求。

三

从前，东三省的冬季，平均气温似乎比现在要冷。哈尔滨是中国最北方的省会城市，故哈尔滨人一年里戴帽子的时候比不戴帽子的时候多。

最晚 11 月初，哈尔滨人就戴上棉的或皮的帽子了。这一戴，往往戴到 4 月中。因为，3 月末 4 月初，很可能还会下一场大雪呢。

孩子们和学生们大抵戴帽子，便是两层布内续了棉花，做出了可在颏下系住的长帽耳朵那一种。而且，大抵是洗过的，旧的，父兄戴了几冬的。几乎所有底层人家的母亲都能做棉鞋，但能做棉帽子的却很少很少。比之于做棉鞋，做棉帽子的难度大得多。若家有缝纫机，难度自会降低一些。但在我上中学前，百户底层人家中，估计有缝纫机的也就几户。买一顶棉帽最便宜也得五六元，基本是父亲戴小了给长子戴；当哥的戴破了，当妈的补补，于是轮到当弟弟的戴了。棉帽子怎么会小呢？因为戴过一冬后必然脏了，夏天里是要洗洗的。一洗，就缩水了。棉袄可以拆洗，再续些新棉花。棉帽子拆洗不得，一拆洗就难以做上了。整洗几次，不但小了，棉花也不保暖了。所以，戴着那样的棉帽子过冬，冻伤耳朵是常事。在北方的冬季，不论男女老少，戴口罩的现象也比比皆是。戴口罩不是为了过滤空气，而是为了保护脸颊、鼻子不至于在户外被冻伤。"嘎嘎冷""唾液成冰""北风像刀子似的刮人脸"——在如此寒冷的情况之下，若置身户外太久且棉帽不够保暖又没戴口罩，"冻掉了"鼻子或耳朵不仅仅是传说。如我们偶见的烧伤了鼻子耳朵的人一样——在从前，在北方，"冻掉了"鼻子耳朵的人也那样。北方入冬季戴的口罩甚至也是夹了棉花的棉口罩：商店里可以买到，大女儿们也会帮母亲为家人做。

除了棉帽子，父亲们和已上班的兄长们，则往往会戴皮毛帽子。常见的是狗皮的、兔皮的、山羊皮的或绵羊皮的——绵羊皮的比山羊皮的要高一个档次。绵羊皮的又分出一般绵羊或羔绵羊、卷毛绵羊皮的三种。都是绵羊皮毛，保暖性没什么差别，美观性决定了价格之高低。普通百姓人家的父兄，若能戴顶绵羊皮的帽子就够舍得花钱的了，少有戴羔羊皮的、卷毛羊皮的或"羊剪绒"帽子的，那种帽子大抵是皮面而非布面的，价格往往会贵到二三十元——当年谁贪污了或偷了那么多钱是要判刑劳改的。在当年全国各地的劳改农场中，因事涉二三十元判刑而终身接受劳改者大有人在。

更高级的过冬帽子是驼绒的、狼皮的、貂皮的、水獭皮的、猞猁皮的。驼绒帽子自然产自新疆或内蒙，属于跨省商品，所以贵。狼皮确实比狗皮毛长，也更暖和。貂皮毛更长，系上帽耳朵，足以护住左右脸了。猞猁在当年也是稀有野生动物，但当年中国人保护野生动物的意识不强，山里的猎人以猎之为幸，其皮可卖高价。而水獭皮的帽子，属于过冬帽子的极品，能戴此等帽子的男人，如果还是较新的，定属高等人士。用民间的话说是"非显则贵"——那样的帽子，一定会与呢大衣、皮靴或棉皮鞋集于一人之身。戴狗皮帽子羊皮帽子的男人，在城市里也是多数，他们早出晚归，往往顶风冒雪地骑着自行车去上班，不重点保护是不行的。林场工人戴貉皮或狼皮帽子者司空见惯。若身为林场场长，头戴一顶其毛蓬蓬的狐皮或猞猁皮大帽子，亦不足为奇。而赶长途马车，爬犁的"车把式"们，则也多戴貉皮帽子，那对于他们相当于名片或行头。

"五一"后，再护头的人也不再戴过冬的帽子了；紧接着，单帽子又上头了。东三省男人们爱戴单帽子，与当年自行车的普及有关。凡有自行车的男人，皆属上班族。五月的北方刮风天多；刮风天一少，下雨天又开始了，早晚骑自行车上班，不论头发多的男人还是头发少的男人，不戴单帽非明智之举。到了9月，夏季过去，刮秋风的日子又多了，单帽子同样摘不下。过了"十一"没多久，棉帽子又得上头了。

单帽也分布的、呢子的和皮的；样式上又分牛舌帽、前进帽和干部帽三种。孩子和小学生一般不戴单帽，初高中生才戴单帽，大抵是布的，也大抵是牛舌帽——帽遮形似牛舌，较深，帽檐往往压住半个额头；大约从20世纪60年代中期开始，大厂的中青年工人多喜欢戴"前进帽"，宣传画上炼钢工人戴的那一种，帽顶与帽遮成一整体，会使人看去更精神，有朝气，所以叫"前进帽"；"干部帽"当然是各级干部常戴的一种，较浅，这是考虑到大多数干部头发已不再浓厚的原因，没必要做太深。"干部帽"大抵浅浅灰色，而学生帽、工人帽多为蓝色，也不太会是呢子的。浅灰这一种颜色，直至如今，在世界各国，仍是有地位的男士常穿的衣色，西方人曰之为"高级灰"。若工人、学生穿"高级灰"的衣服，戴"高级灰"的单帽，给人的印象似乎不对劲。看来，颜色具有阶级性也不是什么秘密。

棉帽皮帽也罢，单帽也罢，对于北方大小男人，不仅起到保暖防冻的实际作用，同时像如今之女士们的挎包一样，也体现着对于自身社会地位的认同、形象美的追求，甚至虚荣心的满足。

"的确良"开始流行后，"的确良"单军帽大受爱美之心强烈的北方城市青年的青睐，抢军帽的现象时有发生，有的青年，当年为了满足虚荣心，一时冲动，曾使自己的人生付出过惨重代价。

东三省的女性，不论城市的还是农村的，冬季出门必扎头巾。一般的布头巾防止被风吹乱了头发或遮灰挡尘还行，护脸御寒是肯定不起作用的；起码得是棉毛头巾，即粗毛线织成的头巾，价格比布头巾贵一倍还多。一"入九"[1]，棉毛头巾也不顶事了，往往还要在头巾外再戴顶棉帽子。农村多见此种情况。从前农村社员寒冬腊月也需出工劳动，而农村比城市更冷。在城市，机关女性、知识分子女性所青睐的是各色兔毛头巾和羊毛头巾，比棉毛头巾又要贵不少。兔毛头巾不多见，大抵是养兔的农户自己纺线织成后卖到城里的，他们也经常在城乡接合部的自由贸易市场卖兔毛线。那种市场被取缔后，城市里扎兔毛头巾的女性随之而少。羊毛头巾只能从商店买到，因为某一时期内哪儿哪儿都买不到羊毛线——是为了保障羊毛头巾的销路。于是，扎羊毛头巾的城市女性，像戴皮面毛皮帽子的男士一样，也成为家庭经济实力优上的证明。但民间总是有民间的应对策略，于是有走街串巷的人专收旧毛衣、毛裤、毛坎肩，收到后洗洗，拆了，将线纫接起来再染色，在黑市上出售，或织成头巾卖。买的人即使明明看出是拆旧翻新的，因为比商店里卖得便宜，而且毕竟是羊毛的，亦觉买得挺值。"三年困难时期"以后，也向城市居民发毛线票了。若某户五六口人，所买毛线够织一套成人毛衣毛裤或几件头巾的了。于是，普通人家的女性，便也有羊毛头巾可

---

[1] "入九"，二十四节气之外的杂节气，入九是从冬至开始数九天，也就是"提冬数九"，从一九数到九九，意味着寒冷的冬天过去了。

扎了。若以毛线票送人，则像送人粮票一样，比送人烟酒票更使人愉悦。由于可以买到毛线了，长围巾便产生了。长围巾能有多长呢？最长两米，算上穗长，两米还多，不但可将头包得严严实实的，还可围颈一匝，且仍有所余垂于胸前背后。女性们最喜欢的围法是一端垂于胸前，一端垂于背后，如长辫子姑娘的双辫的垂法，不但充分保暖，看前看后也都很美观。

那种长围巾，起先是民间产物，其问世需有如下前提：

一、家庭经济状况较好，衣食无忧，舍得钱买许多毛线织一条长围巾；

二、家中儿女不会超过三个，大抵两个——一男一女或一对姐妹；

三、女儿必已参加工作，能挣钱了；

四、她对美是敏感的，父母支持起码不仅对其追求；

五、她是织物能手且善于创新。

总而言之，在北方，在冬季的城市，长围巾一出现，不久遂成时髦，进而成为时尚。像有了工作的男青年第一年大抵会为自己买一顶上档次的过冬帽子一样；许许多多参加了工作的姑娘们，也急切地想要拥有一条美观的长围巾。纺织厂发现市场需求太大了，这才忙不迭地也开始生产长围巾。

一个事实是，关于衣着方面的时尚，根本不可能是由底层人所引导的，主要是由所谓"上等人士"或中产阶级儿女引导的。前者所引导的，往往影响至中产阶级为止，再往下就影响不了了，因为平民百姓受经济能力所限，对于体现于"上等人士"之身的时尚通常是追求不起的，而中产阶级所引导的时尚，则既可影响平民百姓，也可影响"上等人士"。

故中产阶级所引导的时尚，比"上等人士"所影响的时尚具有更广阔更持久的市场前景。

如今，在北方，在冬季，不论城市还是农村，出门在外的女性，极少见扎头巾者了，围长围巾早已成为普遍现象。

四

关于新鞋，我下乡前的记忆非常有限——只记得还没上学时，一年四季脚上所穿基本是母亲起早贪黑做成的鞋。不论做单鞋或棉鞋，做鞋底是最麻烦的事，从前有种专由百姓人家的母亲们做的家务叫"裱袼褙"，即先打好一盆糨糊，将较结实的布头一层层裱在木板上，大抵是裱在洗衣板或菜板背面。裱了七八层后，晒干或烘干，另外再裱七八层。裱够了五六片七八层后，画上鞋底的样子，用专穿粗麻绳的大针一针针沿边缝在一起，剪下；于是一只鞋底出现了。再接着，需一针针一线线在鞋底上纳出一排排一行行的十字花来。一只成人的鞋底，怎么也要纳出近百个十字花。再大的针也不能直接扎透"袼褙"，得借助锥子和顶针。顶针分两种，一种凹点小，是用来做一般针线活的；另一种凹点大的，是专为纳鞋底用的。锥子是细腰蜂形的，中间的细部，起到缠住麻绳，将其勒紧的作用。城市里是买不到麻绳的，需母亲们用平时留意捡到的粗麻绳头纺成。那也很费事，先得将麻绳头拆散成麻丝，浸软，根据纳鞋底所需的粗细来纺。无须纺车，某些人家备有纺麻线的吊架吊锤，在儿女们的协助之下可进行纺线。实际上是一种拧的过程。

这本是一种很古老的做鞋底的方式。自从产生了布，鞋底便是那么做成的。到我小的时候，中国农村的妻子们、母亲们，大抵还在那么为丈夫和儿女们做鞋。买鞋对于当时的农民而言是极奢侈的事，妻子们母亲们不做又怎么办呢？我这一代百姓人家的母亲们，原本曾是农村女子，她们将在农村做鞋时的技能带到城市里，想想也是很自然的事。虽然，丈夫们的鞋一般已不必她们再做了，但老人们还得穿鞋呢，孩子们还得穿鞋呢，若一家中上有老下有小，不做全买，哪儿买得起呀！

鞋底做好后，一双单鞋便完成了三分之二；一双棉鞋才算完成了一半。

我上小学三年级时，对母亲为我做的鞋是一种无所谓的态度。那时我更在乎的是书包怎样。书包打补丁会使我觉得有失颜面，鞋露大脚趾了却并无怨言。上四年级时，仍很在乎书包怎样，但同样在乎起鞋来。那时我的两个弟弟也上小学了，为三个儿子又做单鞋又做棉鞋的，母亲力不从心了。母亲做的鞋没上脚前摆那儿挺好看，穿一两个月后，不是走样了就是这儿破那儿破了。记得一年开春，道路特别泥泞，在放学回家的路上，母亲为我做的起初挺好看的高腰鞋的鞋腰湿后塌软了，我几乎是当成拖鞋穿回家的，一路上同学们都取笑我。我一回到家就大哭起来，说母亲为我做的是一双"假鞋"。母亲打了我一巴掌，自己也哭了。

我上小学五年级时，母亲有了临时工作。她用第一个月的工资，为我和两个弟弟各买了一双夏季穿的胶鞋。从此以后，母亲不做鞋了，想做也难了，因为总熬夜为我们缝衣服补裤子做鞋子，害下了极严重的眼病。往后的十余年里，母亲有工作的时候比没有工作的时候多，我们兄弟四人和一个妹妹的穿鞋问题不再是件愁事了。间或地，兄弟之间，隔一两年不定是谁常会穿上双新鞋。

"文革"前，塑料凉鞋开始在全国时兴起来。初时比胶鞋贵，不久比胶鞋便宜了。不论男鞋女鞋，样式挺多。我中学的同学中，男女生都算上，夏季穿塑料凉鞋的超过三分之二。塑料凉鞋受欢迎的方面是，下雨天可当雨鞋，不怕湿，洗起来容易，不管多脏，沾水一刷，几下就干净如新了。女生们另有喜欢的理由，便是颜色多，并且，有半高跟。却也有不被人喜欢的方面——尽管是凉鞋，但使人脚汗多。

那时，胶鞋的样式也多了。出了一款叫"网球鞋"的胶鞋，分蓝白二色，细瘦，透气。还出了一款"回力"牌的高级篮球鞋，鞋底是橡胶加海绵的，据说可增加弹跳力。班上有几名穿"网球鞋"的男女生，穿"回力"鞋的仅三人，一男二女。男生是校篮球队的，两名女生是区中学生篮球队的。她俩可以凭证明买到打折的"回力"鞋，那名男生的"回力"鞋是求她俩代买的。全价将近10元钱，即使打折，一般同学也不敢想。有的女生，仍喜欢黑色的家做的扣襻布鞋——对于女中学生，那是很传统的布鞋；有的喜欢配穿一双雪白袜子，因为看过的某部电影中有"五四"女中学生的样子，给她们留下了深刻的美的印象。我当年看过的电影很少，头脑中并没保留下她们那种记忆，却也觉得别有一种美感。但那样的女生并不多，较多的反而是不穿袜子而穿黑色扣襻鞋的女生，她们都觉得自己的脚白。确实，她们穿了一冬季棉鞋的脚普遍挺白，便有意无意地显示。

一过"十一"，对于北方人，进入了一个乱穿乱戴的时节。某日天冷，寒气乍袭，早上如初冬，怕冷的人就提前换上了薄棉袄。于是厚袜子派上了用场；可笑的现象是，有的男生既穿厚袜子也仍穿塑料凉鞋。那是因为家庭生活困难，除了脚上那双塑料凉鞋，另外再没有鞋了。同学们都明白这一点，绝不会取笑他们，而他们是最早穿上棉胶鞋的同学。

所谓棉胶鞋，是一种厚胶底细帆布鞋帮的鞋。鞋帮之内，或夹棉花，或夹毡片，是最便宜的一种过冬鞋。以男性而论，从中学生、高中生到大学生到工人，百分之九十五以上穿棉胶鞋，一律黑色，区别只不过是新旧而已。

有的中学女生也穿棉胶鞋，但大多数中学女生穿棉布鞋，家做的或买的。棉胶鞋无男鞋女鞋之分，一种样式，穿在脚上像娃娃鱼头，想使之美观点是根本不可能的。若一名中学女生是家中爱女，即使家中经济状况不算好，穿不上一双买的棉布鞋，甚爱她的母亲也会提前为她做好一双的。一般而言，母亲们为女儿们做的棉鞋，样式和保暖性绝不比买的差，有的比买的还好看；因为母亲们也是在通过女儿展现自己做鞋的水平呀。

若一名中学女生穿的是家做得好看的棉鞋，那么她在女生中是最受羡慕的；证明她是爱女嘛！

若一名女生穿的是买的棉鞋，证明她家的生活水平挺优上，也暗受羡慕。

若一名女生穿的是一双和男生一样的"娃娃鱼头"，并且是旧的，还打了补丁，那么普遍的男生内心里是同情她的，对她反而更友善。

若一名男生与同学争论什么时似乎非占上风不可，并且还穿双新胶鞋，对方往往会讽刺他："不就是穿了双新的'鲇鱼头'吗？神气个什么劲呀你！"

确实的，不是大家在每个冬季都有双新的棉胶鞋可穿，多数男生的棉胶鞋是旧的，补过的，穿了两三个冬季的；大家穿那样的棉胶鞋过春节很正常。

我下乡前没见过几个穿皮鞋的男女。在我们那所中学，在夏季，我仅见过一名穿半新黑皮鞋的别的班的女生，而且仅见过几次；她的父母也都是中学老师。

在 20 世纪 80 年代前，皮鞋这一种鞋，与百分之九十九以上的中国的大人孩子无关。穿皮鞋的国人，比如今住豪宅、开豪车、戴名表、用名包的人少得多。

当年，一双"大头鞋"也极受中青年男人羡慕——鞋头、鞋帮、鞋跟全包了翻毛牛皮；鞋内有厚厚的羊毛；鞋跟是一寸多高的厚牛皮一层层压成的，特别结实，也特别保暖。就是太沉了，一双大号的将近五斤重。原本属于发给东北地区野战军、边防军、公安干警、消防队员们的冬季配装鞋，"特供"有余，转批给了民间的"后门"单位。美观是谈不上的，保暖却是别的任何鞋没法比的。

1966 年至 1968 年 6 月之间，是我初中毕业下乡之前的时期。这一时期我再没穿过新鞋，所穿或是父亲从四川寄回家的劳保鞋，或是邻居卢叔收破烂收的破旧鞋。父亲寄回家的，是他在工地上留心捡的，刷洗过了，修好了。卢叔收回来的，若我挑选了，只能自己修补。

那两年间，我除了将我们的家里外掉墙皮的地方抹好了，将火墙、火炕、锅台翻修了，还学会了补鞋。当然并没拜师学，算是无师自通吧。棉胶鞋的其他部分好补，对于我难补的是鞋尖，因为看不见针，常扎手。较容易修的是塑料凉鞋——将断开的地方削薄，将刀片烧红，以削薄的地方夹住，捏紧，同时缓缓抽出刀片，往往一次就可大功告成。自然，烫伤了手的情况在所难免。

我是知青的六年间，冬季一向穿的是棉胶鞋。大约在第三年，黑河市的商店里忽现男女"高筒"皮靴，靴腰几乎及膝，绝对是上等牛皮制作，售价近 50 元。我们团因地处寒冷区域，有 9 元多寒带补贴，平均月工资 41 元多。连里几名男女知青买了那样的靴子，但也不可能穿那么高档的靴子参加劳动呀，参加军训也不对头哇。连长指导员都只不过穿"大头鞋"，战士穿双那么高档的黑光锃亮的"高筒"皮靴站在队列中算怎么回事呢？所以，穿着那种靴子的知青在出早操中一亮相，立刻受到了严厉批评。

连长生气地训他们："朱德总司令和十大元帅们新中国成立后还

没穿过这么高级的靴子呢！你们名曰战士，实际上也是知青，是来接受再教育的，每月挣 40 几元工资找不到北了，想干什么呀？！"

"用自己挣的钱买的，这属于个人自由。"

"我们这也是促进生产嘛，没人买，厂家和商店岂不亏死了？"

他们中有人颇为不服。

指导员接着训道："本连队绝不给你们这种自由！谁敢再穿，我批准，没收！什么促进生产，鬼话！50 来元钱花在父母身上，孝敬孝敬他们，或为弟弟妹妹买几件衣服，就不能促进生产了？本连队就是不惯你们这种爱臭美的毛病！"

连长指导员态度强硬，后来那几名知青还真不敢再穿了。只能带回家去，冬季探家时穿着过一把"耍帅"的瘾。

以前我只在战争内容的小人书中、电影中见到高级军官穿那种靴子，而且是外国军队的高级军官——在现实中从没见过，可算开了眼了。

此事也能间接说明，当年的知青，因有兵团与插队的区别，命运情况是多么的不同。50 来元——大多数插队知青一年才能挣那么多钱，而且算挺幸运的了。

五

在北方的冬季，光脚丫穿棉鞋是不明智的，再保暖的鞋也会影响保暖。特别是学生和上班族，几乎一白天脚不离鞋，不穿袜子的话，即使新鞋，不久便会先从鞋内将鞋穿坏。棉袜子既是为了增加保暖性，也是为了保护鞋里子。

所谓棉袜子，无非便是厚线袜子、毛线袜子、毡袜子。我上中学前，化纤混纺织品尚未出现，厚线袜子是指双层的线袜，穿着很舒服。缺点是毫无弹性，穿几天袜口就松了。若鞋大，走着走着，袜口就移到脚心了。家长们为是小学生的儿女买的或做的鞋总是会大些，希望儿女能多穿几年。故当年的小学生做操时，在体育课上跑步时，经常会蹲下身去，不是踩鞋跟了，是提袜子。

我是中学生后，化纤与棉线混纺的纺织品出现了，比纯棉线袜贵，但因为结实耐穿，弹性强，极受青睐。不似现在，人们即使买双袜子，也要问是不是纯棉的。倘不是，往往就走开了。

纯棉线袜子也罢，化纤混纺的也罢，新袜子像新鞋新帽子一样，也是当年的小学生中学生不敢奢望的——我这一代人中的大多数，当年穿旧衣服、戴旧帽子，穿旧鞋子旧袜子已自幼习惯了，对得到新的每会受宠若惊。即使父亲们穿的袜子，往往也是经母亲们的手补过的。当年不少人家有袜底板，是专为母亲们补袜子用的，一般是木制的。却也有铜的，少见，属于老物件。证明在新中国成立前，生活较好的人家，也不是一双袜子一旦穿破就扔了的。连袜底板都是铜的，足以间接证明日子过得不差钱啊。

有的母亲们，入冬前会为丈夫做一双布袜。布袜非是一般样式的袜子，而是像高鞋帮的鞋一样的袜子，双层的，夹棉花，既保暖，又舒适。她们的年龄一般不超过中年，出嫁前便是做针线活的能手；并且夫妻感情好，孩子少，也并未与老人共同生活，日子过得比较省心，有那份精力和心情来做。

若已是老夫老妻了，儿女多，又没工作，还得照顾老人，那样的母亲们就没精力没心情为丈夫做双袜子了。丈夫们再舍不得花钱买呢，那就没别的办法了，他们只能穿鞋前用旧布包脚了。在北方，在城市，大男人们那样穿上棉鞋不是稀奇现象。百姓们谁家的旧布都不少，被面、褥面、衣服、裤子破旧得不能用不能穿了，母亲们就会将还算结实的部分剪下收起来，以备缝补什么时用，也为丈夫们冬季包脚时用。

若连"一家之主"都没有双袜子可穿而用布包脚，儿女们又有什么资格不那样呢？但若女儿已是中学生了，则可能成为那样的家庭中唯一有双袜子可穿的人。男人女人有别，在底层，也体现在对将是"大姑娘"了的女儿们的穿着的优待方面。同是中学生，女孩子在外人眼里穿着是否体面，似乎尤其关乎父母的面子，一户人家的面子。

在我成为中学生至下乡前的几年，冬季里经常以包脚布代袜子。我家兄弟四人加一个小妹，都穿袜子是买不起的，穿袜子的优先资格属于四弟和小妹，他们年龄尚小，不会用包脚布。

每天晚上脱鞋上炕后，我们都会将包脚布压在炕席下，早上再用时，已烤得热乎乎的。还能用则隔几天洗一洗继续用，不能用了扔了也就是了。习惯了，倒也不觉麻烦了。

当年，城乡差别也挺大的。但在生活的许多细节方面，几无差别可言。这许多方面，普遍体现于城市的底层人家。因为底层人家的父母若不将农民时的生活方式照搬到城市，日子是很难往下过的。

当年，干部人家的生活方式，能以最快的速度城市化起来。并且，会比老城里人的生活方式更城市化，城市化到更讲究的程度。尽管，身为干部的人，以前也是农村人，甚至是出身贫苦的农村人。

我这一代人中，只有极少数冬季里会有双毛袜子可穿，其中包括干部家儿女。

至于毡袜，往往只出现在林区的供销社里。林业工人工资高，他们的工作主要在野外进行，毡袜对于他们实属必要。

第一章

爱是你我

姻 缘 备 忘 录

屈指算来，为人夫十三载矣。

人生真是匆匆得令人恐慌。

十七年前，我从上海复旦大学毕业，成为北京电影制片厂文学部最年轻的编辑之后，曾受到过许多关注的目光。十年"文革"在我的同代人中遗留下了一大批老姑娘，每几个家庭中便有一个。一名二十八岁的电影制片厂的编辑，还有"复旦"这样的名牌大学的文凭（尽管不是正宗的），看去还斯斯文文，书卷气浓，了解一下品德——不奸不诈，不纨绔不孟浪，行为检束，于是同事中热心的师长们和"阿姨"们，都觉得把我"推荐"给自己周围的某一位老姑娘简直就是一种义不容辞的历史责任……

然而当年我并不急着结婚。

我想将来成为我妻子的那个姑娘，必定是我自己在某种"缘"中结识的。

我期待着那奇迹，我想它总该多多少少有点儿浪漫色彩的吧?……

也觉得组建一个小家庭对我而言条件很不成熟。我毫无积蓄，基本上是一个穷光蛋。每月四十九元工资，寄给老父老母二十元，所剩也只够维持一个单身汉的最低生活水平。平均一天还不到一元钱。

结婚之前总得"进行"恋爱，恋爱就需要一些额外的消费。但我如果请女朋友或曰"对象"吃一顿饭，那一个月肯定就得借钱度日。而我自己穷得连一块手表都没有。兵团时期的手表大学毕业前卖了，分配到北影一年后还买不起一块新表。

当然，我不给老父老母寄钱，他们也能吃得上穿得上。他们也一而再，再而三地叮嘱我，为自己结婚积蓄点儿钱吧！但我每月照寄不误。我自幼家贫，二十八岁时家里仍很穷，还有一个生病的哥哥常年住在医院里。我觉得我可以三十八岁时再结婚，却不能不在二十八岁时以自己的方式报答父母的养育之恩。对老父亲老母亲我总有一种深深的负疚感——总认为二十八了才开始报答他们（也不过就是每月寄给他们二十元钱）已实在是太晚了，方式也太简单了……

在期待中我由二十八岁而三十二岁。奇迹并没有发生，"缘"也并没到来。我依然的行为检束，单身汉生活中没半点儿浪漫色彩。

四年中我难却师长们和"阿姨"们的好意，见过两三个姑娘，她们的家境都不错，有的甚至很好。但我那时忽然生出想调回哈尔滨市，能近在老父母身旁尽孝的念头，结果当然是没"进行"恋也没"进行"爱……

念头终于打消，我自己为自己"相中"了一个姑娘，缺乏"自由恋爱"的实践经验，开始和结束前后不到半个小时。人家考验我而我不能理解为什么对我还需要考验（又不是入党）。误会在半小时内打了一个结，后来我知道是误会，却已由痛苦而渐渐索然。这也足见"自由"是有代价的这话有理。

于是我现在的妻子某一天走入了我的生活。她单纯得很有点儿发傻。二十六岁了决然地不谙世故。说她是大姑娘未免"抬举"她，充其量只能说她是一个大女孩儿。也许与她在农村长到十四五岁不无关系……她是我们文学部当年的一位党支部副书记"推荐"给我的。那时我正写一部儿童电影剧本。我说悠悠万事唯此为大，待我写完了剧本再考虑。

一个月后我把这件事都淡忘了。可是"党"没有忘记，毅然地关心着我呢。

某天"党"郑重地对我说："晓声啊，你剧本写完了，也决定发表了，那件事儿，该提到日程上来了吧？"

倏忽地我觉得我以前真傻。"恋爱"不一定非要结婚嘛！既然我的单身汉生活里需要一些柔情和女性带给我的温馨，何必非拒绝"恋爱"的机会呢！……

这一闪念其实很自私，甚至也可以说挺坏。

于是我的单身汉宿舍里，隔三日岔五日的，便有一个剪短发的、大眼睛的大女孩儿"轰轰烈烈"而至，"轰轰烈烈"而辞。我的意思是——当年她的生气勃勃，走起路来快得我跟不上。我的单身宿舍在筒子楼，家家户户走廊里做饭。她来来往往于晚上——下班回家绕个弯儿路过。一听那上楼的很响的脚步声，我在宿舍里就知道是她来了。没多久，左邻右舍也熟悉了她的脚步声，往往就向我通报——哎，你的那位来啦！……

我想，"你的那位"不就是人们所谓之"对象"的别一种说法吗？我还不打算承认这个事实呢！

于是我向人们解释——那是我"表妹"，亲戚。人们觉得不像是"表妹"，不信。我又说是我一位兵团战友的妹妹，只不过到我这儿来玩的。人们说凡是"搞对象"的，最初都强调对方不过是来自己这儿玩玩的……

而她自己却俨然以我的"对象"自居了。邻居跟她聊天儿，说以后木材要涨价了，家具该贵了。她听了真往心里去，当着邻居的面儿对我说——那咱们凑钱先买一个大衣柜吧！

搞得我这位"表哥"没法儿再窘。于是的，似乎从第一面之后，她已是我的"对象"了。非但已是我的"对象"了，简直就是我的未婚妻了。有次她又来，我去食堂打饭的一会儿工夫，回到宿舍发现，我压在铺桌玻璃板下的几位女知青战友、大学女同学的照片，竟一张都不见了。我问那些照片呢？她说她替我"处理"了。说下次她会替我带几张她自己的照片来……而纸篓里多了些"处理"的碎片……她吃着我买回的饺子，坦然又天真。显然的，她丝毫也没有恶意。仿佛只不过认为，一个未来家庭的未来的女主人，已到了该在玻璃板下预告她的理所当然的地位的时候了。我想，我得跟她好好地谈一谈了。于是我向她讲我小时候是一个怎样的穷孩子，如今仍是一个怎样的穷光蛋，以及身体多么不好，有胃病，肝病，早期心脏病等等。并且，我的家庭包袱实在是重哇！而以为这样的一个男人也是将就着可以做丈夫的，意味着在犯一种多么糟糕多么严重的大错误啊。一个女孩子在这种事上是绝对将就不得、凑合不得、马虎不得的。但是嘛，如果做一个一般意义上的好朋友，我还是很有情义的。当时的情形恰如一首歌里唱的——我向她讲起了我的童年／她瞪着大而黑的眼睛痴痴地呆呆地望着我……

我曾以这种颇虚伪也颇狡猾的方式成功地吓退过几个我认为与我没"缘"的姑娘。

然而事与愿违。她被深深地感动了，哭了。仿佛一个善良的姑娘被一个穷牧羊人的命运感动了——就像童话里所常常描写的那样……

她说："那你就更需要一个人爱护你了啊！……"

于是我明白——她正是从那一时刻开始真正爱上了我。

我一向期待的所谓"缘"，也正是从那一时刻显现了面目，促狭地向我眨眼的……

三个月后到了年底。

某天晚上她问我："你的棉花票呢？"

我反问："怎么，你家需要？"

翻出来全给了她。

而她说："得买新被子啦。"

我说："我的被子还能盖几年。"

她说："结婚后就盖你那床旧被呀？再怎么不讲究，也该做两床新被吧？"

我瞪着她一时发愣。

我暗想——梁晓声你还有什么好说的？看来这个大女孩儿，似乎注定了就是那个叫上帝的古怪老头赐给你的妻子。在她该出现于你生活中的时候，她最适时地出现了……

十个月后我们结婚了。我陪我的新娘拎着大包小包乘公共汽车光临我们的家。那年在下三十二岁，没请她下过一次"馆子"。

她在我十一平方米的单身宿舍里生下了我们的儿子。三年后我们的居住条件有所改善，转移到了同一幢筒子楼的一间十三平方米的住室里……

妻子曾如实对我说——当年完全是在一种人道精神的感召下才决定了爱我。当年她想——我若不嫁给这个忧郁的男人还有哪一个傻女孩儿肯嫁给他呢？如果他一辈子讨不上老婆，不成了社会问题？

我相信她的话。相信她当年肯定是这么想的。细思忖之，完全可能像她说的那样。当年肯真心爱这样的一个穷光蛋，并且准备同时能做到真心地视我的老父老母弟弟妹妹为自己亲人的，除了她，我还没碰着。

她是唯一没被我的"自白"吓退的姑娘……十三年间我的工资由四十九元而五十几元而七十几元而八十几元、九十几元……

一九九二年底，我的基本工资升至一百二十五元至今……

十三年间她的工资由五十几元而六十几元、七十几元、八十几元渐次升至一百多元……

一九九二年以前她的工资始终高于我的工资十几元。

一九九二年我们的工资一度接近，但她有奖金，我没有奖金，实际工资仍比我高。

现在，她的单位经济效益不错，实际工资则比我高得多了。

我有稿费贴补，生活还算小康。而我们的起点，却是从一穷二白开始的。着实过了五六年拮据日子呢！

十三年内，我几乎整个儿影响了她——我不喜欢娱乐，尤其不喜欢户外娱乐，故我们这三口之家，是从来也不曾出现在娱乐场所的。最传统的消遣方式，也不过就是于周末晚上，借一盘或租一盘大人孩子都适合看的录像带，聚一处看个小半通宵。我对豪奢有本能的反感——所以我的家是一个俭约的家，从大到小，没一样东西是所谓名牌。我们结婚时的一张木床，当年五十七元凭结婚证买的，直至去年才送给了乡下来的传达室师傅。我不能容忍一日三餐浪费太多的时间精细操作，一向强调快、简、淡的原则。而她是喜欢烹饪的，为我放弃爱好，练就了一种能在十几分钟内做成一顿饭的本事。她常抱怨自己变成了急行军中的炊事员。我还不许她给我买衣服，买了也不穿。我的衣服鞋子，大抵是散步时自己从早市上买的。看着自己能穿，绝不砍价，一手钱，一手货，买了就走。仿佛自己买的，穿起来才舒适。大上其当的时候，也无悔，不在乎。有时她见我穿得不土不洋，不伦不类，枉自叹息，却无可奈何。而在这一点上至今我决不让步。我偏执地认为，一个男人为买一件自己穿的衣服而逛商场是荒诞不经的。他的老婆为他穿的衣服逛商场也是不可原谅的毛病。因为那时间从某种意义讲已不完全属于她，而属于他们。现代人的闲暇已极有限，为一件衣服值得吗！她当然也因她当妻子的这一种"特权"被粗暴取消与我争执过，但最终还是屈从于我，彻底放弃了"特权"，不得不对我这个偏执的丈夫实行"无为而治"……

儿子一天天长大了，渐渐地我觉得自己老之将至了，精力早已大不如前。每每看妻子，似乎才于不经意间发现似的——她也早已不是十三年前的大女孩儿，脸上有了些许女人的岁月沧桑的痕迹……

我最感激的，是我老父亲老母亲住在北京的日子里，她对他们的孝心。我老父亲生病时期，我买了一辆三轮车，专为带老父亲去医院。但实际上，因为我那时在厂里挂着行政职务，倒是她经常蹬着三轮车带我老父亲去医院。不知道老人家是我父亲的，还以为是她父亲呢。知道了却原来是我的父亲，无不感慨多多。如今，将公公当自己的父亲一样孝顺的儿媳，尤其年轻的儿媳们，不是很多的……

我最感到安慰的，是我打算周济弟弟妹妹们的生活时，她一向是理解的，支持的。我的稿费的一半左右有计划地用于周济弟弟妹妹们的生活。我总执拗地认为我有这一义务。能尽好这一义务便感到高兴。在各种社会捐助中，尤其对穷人，对穷人孩子的捐助，倘我哪一次错过，下一次定加倍补上。不这么做，我就良心不安。贫困在我身上留下的印痕太深，使我成为一个本能的毫无怨言的低消费者。旧的家具、旧的电视机，不一定非要换成新的，换成名牌。几千元我拿得出来的情况下，倘我无动于衷，我便会觉得自己未免"为富不仁"了，尽管我不是"大款"，几千元不知凝聚着我多少"爬格子"的心血。没有一个在此方面充分理解我对穷人的思想感情并支持我的妻子，那么家里肯定经常吵闹……

好丈夫是各式各样的。除了吸烟我没有别的坏毛病。除了受过两次婚外情感的渗透，我没什么"过失"。我非是"登徒子"式的男人。也从不"拈花惹草""招蜂引蝶"。事实上，在男女情感关系中我很虚伪。如果我不想，即或与女性经年相处，同行十万八千里，她们也是难以判断我究竟喜爱不喜爱她们的。我自认为，我在这一方面常显得冷漠无情。并且，我不认为这多么好。虚伪怎么会反而好呢？其实我内心里对女性是充满温爱的。一个女性如果认为我的友爱对她在某一时期某种情况之下极为重要，我今后将不再自私。

最重要的，我的妻子赞同我对友爱与情爱的理解。在这一前提下，我才能学做一个坦荡男人。我不认为婚外恋是可耻之事，但我也不喜欢总在婚外恋情中游戏的一切男人和女人。爱过我的都是好女孩儿和好女人，我对她们的感激是永远的。真的，我永远在内心里为她们的幸福祈祝着……

我对妻子坦坦荡荡毫无隐私。我想这正是她爱我的主要之点。我对她的坦荡理应获得她对我的婚外情感的尊重。实际上她也做到了。她对我"无为而治"，而我从她的"家庭政策"中领悟到了一个已婚男人怎样自重和自爱……

好妻子也是各式各样的。十三年前的那个大女孩儿，用十三年的时间充分证明了她是一个好妻子——最适合于我的"那一个"。

我给未婚男人们的忠告是——如果你选择妻子，最适合你的那一个，才是和你最有"缘"的那一个。好的并不都适合。适合的大抵便是对你最好的了……

信不信由你！

此 爱 如 钰

麦兴志和王茜是一对年轻的夫妻——几天来，他们的名字一直深深地感动着我。

我与这对四川青年素昧平生，是凤凰卫视的鲁豫使我牢牢记住了他们的名字。确切地说，是鲁豫所主持的节目。我两次从视频中看到了麦兴志和王茜。第一次，这对年轻的夫妻之间的爱情使我心震颤；重播时，我又看到了，还是震颤不已。所以，我没法不将我的感动写出来。

小麦和小王的家，或者在成都，或者在四川的另一座城市，我竟不甚清楚。因为有关他们的爱情的那一期《鲁豫有约》，我虽然看到了两次，却都是偶然看到的。而且，又都是从中间看的。

小麦和小王是高中时的同学。也许，中学时也是，我不敢断定。总而言之，高中时他们恋爱了。后来他们双双考上了警官学校。再后来他们成了交警系统的同事。饱满的爱情期待着一个幸福的形式，人世间即将有一扇门成为他们的新房之门……

但就在那一年小王被诊断出患上了红斑狼疮，世界上患这种病的比例是十万分之一。小王的家人和小麦都对她隐瞒着她的病情。小王接下来不能上班了，小麦决定提前和小王结婚。

小王的病首先反映在脸上。以后，几乎将注定了要渐渐地，进而彻底地损坏她那张年轻又秀丽的脸。世界上并没有被红斑狼疮损坏过容颜的脸，似乎至今还没有过记载。而小王的病情一经确诊便来势凶猛，短短几天全身便出现了溃疡现象。

　　而小麦对小王说："我们现在就结婚吧。结婚了我照顾起你来才能更周到。"于是一个当代小伙子对一个他爱的女孩儿承担起了爱的责任和义务——在她最需要关怀和呵护的时候。

　　我想小麦他不可能不明白——自己所爱的可爱的女孩儿，在成为他的妻子以后，原先的可爱很快就会变成另一种样子。但是他认为他义不容辞，义无反顾。

　　义——这一个汉字中笔画少而又含意多因而歧义也多的字，向来是一个争论不休的字。我至今固执己见：当它与"仁"字组合为"仁义"一词时，理解力正常者，谁能否认该词对我们人性品质不是显然地提升呢？

　　从此小麦对他所爱的人儿，不但义得无怨无悔，而且仁得心甘情愿，诚所谓仁至义尽。于是一个当代小伙子对一个当代女孩儿的爱，一个当代中国丈夫对一个当代中国妻子的爱，发乎于情而止乎其行，使我联想到了那两句耳熟成诵的诗："曾经沧海难为水，除却巫山不是云。"

　　命运仿佛不但要加倍考验小王承受突如其来的攻击的意志，也要加倍考验小麦的一往情深，分明，还要加倍考验他们的爱的韧度。

　　不久小王又被诊断出患了皮肌炎，那是一种概率百万分之一的恶疾。于是，十万分之一和百万分之一两种概率的病魔，如同两只无形的手，一齐扼住了已成为小麦妻子的王茜的颈，非要夺去她的生命不可。像是黑白无常，日日夜夜瞪着小王，不达目的，誓不罢休。它们蛰伏在小麦的背后，单等他的爱心稍显悔怠，便一跃而起扑向小王……

然而小麦对小王的爱还是那么温柔而又细微。

想想吧，那么娇小的一个小女子的身体，最病弱时减重五六十斤，而且呈现一百几十处的溃疡！每天要用棉签蘸着酒精擦尽几遍，除了一个深爱自己的人，谁还能对小王护理得更好？而且是怀着柔情似水的爱心进行的？金钱固然也能雇用到那一种"工作"者，但是爱心呢？即使连爱心也能保证，谁又能定出那爱心何价？非是彼此深爱之人，金钱又怎能从别人心里唤出和小麦同等的爱心来？

此后一家又一家医院对小王先后发出了九次病危通知书，真乃九死而后九生也！那么年轻的一对小夫妻，那么普通的两个百姓人家的儿女，他们齐心协力九次战胜死神的"武器"，说到底，也无非就是彼此之间的那一份爱。

在与死神进行第九次搏斗时，连小王自己都认为，自己怕是熬不过当天的夜里了。

用她自己的话说："我觉得我被鲜花埋住了。"

到病房去探视她的同事们，都已经不忍看她一眼了。他们都是一言不发，放下鲜花，转身就含着悲泪赶快走了，都怕当着她的面哭出声来。

用她自己的话说："我一闭上眼睛，满眼都是金子。"

那样的高烧是很容易将人的双眼烧瞎的。

用她自己的话说："但是我心里想我不能死，我丈夫为我付出了那么多，我这么轻易地就死了对他太不公平。"

对于小麦和小王，他们的爱，那时简直可以说已然具有宗教般的意味。他们所坚持的仿佛是一场爱的圣战。他们实际上已成为一对年轻的圣斗士。面对的是毫无恻隐之心的死神，共同的武器是相互之间的爱，唯一属于他们自己的武器，一份唇亡齿寒的爱。正所谓，不愿齿寒，唇不忍亡。正所谓，虽不曾以生死相许，然以爱许以生也。故生在也，爱在也；故为爱在，生岂肯成死也？……

临床医生以为小王已经失去了意识。然而她一息尚存，便顽强地保持着意识。她甚至听到了医生对围在自己病床旁的实习生们说："这个人已经无法救治了……"

然而小王第九次活了过来……

在与病魔进行了整整六年的生死战后，小王坐在了"鲁豫有约"的演播室里；她的身旁，是她质朴憨厚的丈夫小麦。我掐指一算，他们的年龄，至今大约都还没有超过三十岁吧？

六年里，一切听说过的民间偏方，小麦都为小王弄到过了，小王也都吃过了。她最多时一天服过九十几粒药。用她自己的话说："刚服下西药又喝汤药，胃里都没地方装一点儿饭了。"

六年里，小麦背着小王上下楼的次数，大约已近万次。而小麦在楼梯上累了的时候，会把住扶手侧转头柔情似水地说："亲爱的，给我一点儿力量吧！"这像诗句呀！小王就在他脸颊上轻轻吻一下……

小王也真的写下过一首长诗《你的背》，诗的第一句乃是："你的背平坦又安稳。"

真的，比起那些一生只渴望一个男人在自己疲惫时让自己靠一靠肩头的女人，小王太幸运了，也太幸福了。尽管她曾患过的两种病都是那么可怕。

当鲁豫问小王："如果有来生，你和小麦之间还会有一个人被病魔纠缠，那么你愿意反过来由自己来照顾小麦呢？还是仍愿意生病的是自己，再让小麦来照顾你？"

小王想了想，郑重地回答："还是让他来照顾我，感觉好一些……"之后，她微微笑了一下。

"感觉好一些"，淡淡的一种口吻，绝对信赖的一种口吻，还有着一种温柔的弦外之音——我怎么舍得让我的丈夫，也经受一次我所经受过的苦楚？

"感觉好一些"，天下女子之多情语，莫过于此也！

人们从电视里看到的王茜，脸儿是那么的白皙、洁静，比婚前的她，比照片上的她，看上去更秀丽了。爱情在她身上创造了奇迹。

我想，对于小王，她的丈夫小麦，当是她在这世上的"最爱"无疑了。作为一个女人，一个妻子，她的心，肯定最能理解什么才是真爱，以及真爱的无价。

然而我之感动，还不仅仅因了他们的爱，也还因了他们的年轻。他们所共同经历的六年，依我想来，真可与某些令我肃然起敬的患难夫妻的几十年风雨同舟的经历相提并论。并且，使那些在我们的电视中正热播着的所谓"情爱版"的国产剧或韩剧黯然失色。

相对于他们的年轻，相对于当代的爱的质地的脆薄，相对于我们中国最年轻一代人普遍的人生承受力的乏弱，他们所共同经历的六年，简直可以说是一种难能可贵的压缩了的质与量！

感谢鲁豫，使我的眼从我们的年轻一代身上，看到了另一种了不起！虽然谈不上伟大，也难以用崇高来形容，但是，于年轻的人性考验中，体现出了足可骄于像我这样不再年轻了的人的人生韧性和超乎寻常的镇定，所以了不起。

小麦，我所敬之年轻人也；小王，亦我所敬也。我敬前者无怨无悔的六年如一日的责任感；我敬小王的坚毅，依我想来，冥冥之中倘有神明，或也肃然起敬了吧？否则，何以在这世上，终于有了两种恶疾用了九次攻击也不能击倒的一个小女子？

我将鲁豫所主持的那一期节目，加上我的感动和感想，写成这一篇仓促而成的文字，继续传播小麦和小王的"故事"，于我，实在也是一种自愿，并觉是一份光荣。

爱在斯，仁义在斯；仁义在斯，其爱如诗。

蛾　　眉

　　半截燃烧着的烛在哭。它不是那种在婚礼上、在生日，或在祭坛上被点亮的红烛，而是白色的，烛中最普通的，纯粹为了照明才被生产出来的烛。天黑以后，一户人家的女孩儿要到地下室去寻找她的旧玩具，她说："爸爸，地下室的灯坏了，我有点儿害怕去。你陪我去吧！"她的爸爸正在看报。他头也不抬地说："让你妈妈陪你去。"于是她请求妈妈陪她去。她的妈妈说："你没看见我正在往脸上敷面膜呀？"女孩儿无奈，只得鼓起勇气，点亮了一支蜡烛擎着自己去。那支蜡烛已经被用过几次了，在断电的时候。但是每次只被点亮过片刻，所以并不比一支崭新的蜡烛短太多。女孩儿来到地下室，将蜡烛用蜡滴粘在一张破桌子的桌角上，很快地找到了她要找的旧玩具……她离开地下室时，忘了带走蜡烛。于是，蜡烛就在桌角寂寞地，没有任何意义地燃烧着。到了半夜时分，烛已经消耗得只剩半截了。烛便忍不住哭起来。因自己没有任何意义的燃烧……事实上烛始终在流泪不止，然而对于烛，一边燃烧一边缓缓地流着泪，并不就等于它在悲伤，更不等于它是哭了，那只不过是本能，像人在劳动的时候出汗一样。当烛燃烧到一半以后，烛的泪有一会儿会停止流淌，斯际火苗根部开始凹下去，这是烛想要哭还没有哭的状态。烛的泪那会儿不再向下淌了。熔化了的烛体，如纯净水似的，积储在火苗根部，越积越满……

极品的酒往杯里斟，酒往往可以满得高出杯沿而不溢。烛欲哭未哭之际，它的泪也是可以在火苗根部积储得那么高的。那时烛捻是一定烧得特别长了。烛捻的上端完全烧黑了，已经不能起捻的作用了，像烧黑的谷穗那般倒弯下来，也像烧黑的钩子或镰刀头。于是火苗那时会晃动，烛光忽明忽暗的。于是烛呈现一种极度忍悲，"泪盈满眶"的状态。此时如果不剪烛捻，则它不得不向下燃烧，便舔着积储火苗根部的烛泪了，便时而一下地发出细微的响声了。那就是烛哭出声了。积高不溢的烛泪，便再也聚不住，顷刻流淌下来，像人的泪水夺眶而出……

此时烛是真的哭了，出声地哭了。

刚刚点燃的烛是只流泪不哭泣的。因为那时烛往往觉着一种燃烧的快乐。并因自己的光照而觉着一种情调，觉着有意思和好玩儿。即使它的光照毫无意义，它也不会觉得在白耗生命……

但是燃烧到一半的烛是确乎会伤感起来的。烛是有生命的物质。它的伤感是由它对自己生命的无限眷恋而引发的，就像年过五旬之人每对生命的短促感伤起来。烛燃烧到一半以后，便处于最佳的燃烧状态了，自身消耗得也更快了……我们这一支烛意识到了这一点。它甚至有些恓惶了。"朋友，你为什么忧伤？"它听到有一个声音在问它。那声音羞怯而婉约。烛借着自己的光照四望，在地下室的上角，发现有几点小小的光亮飘舞着。那是一种橙色的光亮，比萤火虫尾部的光亮要大些，但是没有萤火虫尾部的光亮那么清楚。烛想，那大约是地下室唯一有生命的东西了。那究竟是什么呢？"我在问你呢，朋友。看着你泪水流淌的样子真使我心碎啊！"声音果然是那几点橙色的光亮发出的。烛悲哀地说："不错，我是在哭着啊。可你是谁呢？"

"我吗？我是蛾呀。一只小小的，丑陋的，刚出生三天的蛾啊！难道你没听说过我们蛾吗？"蛾说着，向烛飞了过去……烛立刻警告地叫道："别靠近我！千万别靠近我！快飞开去，快飞开去！……"蛾四片翅膀上的四点磷光在空中划出四道橙色的优美的弧，改变了飞行的方向。但蛾是不能像青鸟那样靠不停地扇动翅膀悬在空中的。

所以它听了烛的话后，只得在烛光未及处上下盘旋。蛾诧异地问烛；"朋友，你竟如此的讨厌我吗？"烛并不讨厌它。有一个有生命的东西在烛的生命结束之前与烛交谈，正是烛求之不得的。然而这一支烛知道"飞蛾扑火"的常识。那常识每使这一支烛感到罪过。它不愿自己的烛火毁灭另一种生命。它认为蛾也是一种挺可爱的生命。别的烛曾告诉它，假如某一只蛾被它的烛火烧死了，那么它是大可不必感到罪过的。因为那意味着是蛾的咎由自取。何况蛾大抵都是使人讨厌，对人有害的东西……

烛沉默片刻，反问："你这只缺乏常识的蛾啊，难道你不知道靠近我是多么的危险吗？"

不料蛾说："我当然知道的呀。人认为那是我们蛾很活该的事。而你们烛，我想象得到，你们中善良的会觉得对不起我们蛾，你们中冷酷的会因我们的悲惨下场而自鸣得意，对吗？"

这一支烛没想到这一只蛾对它们的心理是有很准确的判断的。它一时不知该再说什么好。"如果我说对了，那么你是属于哪一种烛呢？"蛾继续翩翩飞舞着。它的口吻很天真，似乎，还有那么点儿顽皮。烛光发红了。那是因为白烛很窘的缘故。蛾的出现，使它不再感到孤独，也使它悲哀的心情被冲淡了。它低声嘟哝："倘我是一支冷酷的烛，我还会警告你千万别靠近我吗？"蛾高兴地说："那么你是一支善良的烛了？但是你知道我们蛾对'飞蛾扑火'这种事的看法吗？"烛诚实地回答它不知道。蛾说："我们是为了爱慕你们烛才那样的呀！""是为了爱慕我们？"烛大惑不解。"对，是为了爱慕你们。在这个世界上，对我们蛾来说，最美的，最值得我们爱的，其实不是其他，也不是我们同类中的英男俊女，恰恰是你们烛呀！真的，你们烛是多么的令我们爱慕啊！你们的身材都是那么的挺直，都是典型的，年轻的，帅气的绅士的身材。你们发出的光照那么柔和，你们的沉默，上帝啊，那是多么高贵的沉默啊！还有你们的泪，它使我们心碎又心醉！使我们的心房里一阵阵涌起抚爱你们的冲动。没有一只蛾居然能在你们烛前遏制自己的冲动……"

烛光更红了。烛害羞了。作为烛，从别的烛的口中，它是很了解一些人对烛的赞美之词的，但是却第一次听到坦率又热烈的爱慕的表白，而且表白者是一只蛾。它腼腆地说："想不到真相会是这样，会是这样……"蛾飞得有点儿累了。它降落在桌子的另一角，匍匐在那儿，又问："你就不想知道我是一只对人有害的或无害的蛾吗？"——声音更加羞怯更加婉约，口吻更加天真。只不过那种似乎顽皮的意味儿，被庄重的意味儿取代了。

烛犹豫片刻，嗫嚅地问："那么，你究竟是一只对人有害的，还是一只对人无害的蛾呢？"

蛾说："其实我自己也不知道。我不是告诉过你了吗，我才出生三天呀。而且，我很少与别的蛾交谈。我只知道，我们蛾的生命虽然比一支燃烧着的烛要长许多，但却是极其平庸的，概念化的。具体对于我这一只小雌蛾是这样的——如果我不是在这间地下室里，而是在外面，那么我会被雄蛾纠缠和追求，或反过来我主动纠缠和追求它们。然后我们做爱，一生唯一的一次。接着我受孕，产卵。再接着我的卵在农田里孵出肉虫。丑陋的肉虫。于是我的生命结束。我的死相也很丑陋，往往是翅膀朝下仰翻着。我们连优美地死去都是梦想……"

蛾的语调也不禁伤感了。烛于是明白，它是一只对人有害的蛾。但是它却不愿告诉蛾这一点。"烛啊，你肯定知道我究竟属于哪一种蛾了吧，那么请坦率告诉我。我想活个明白，也想死个明白。"烛说："不。我不知道。人的评判尺度并不完全是我们烛的评判尺度。而在我看来，你是一只漂亮的小雌蛾……""你胡乱说什么呀！我……我哪里会是漂亮的呢！"蛾声音小小的，但是烛听出来了，它对这一只蛾的赞美，使这一只蛾很惊喜。

它竟对这一只羞怯的，说起话来语调婉约又顽皮的，情绪忽而乐观忽而感伤的蛾有点儿喜欢了。也许是由于自己的处境吧？总之这是连它自己也不明白的。它借着自己发出的光照开始仔细地端详蛾，继续说："你这只小蛾啊，我并非在违心而言。你的确很漂亮呢！"烛这么说时，确乎觉得伏在斜对面的桌角上的蛾，是一只少见的漂亮的小蛾了。那是它仔细端详的结果。于是它又说："你的双眉真美。现在我终于明白，人为什么用'蛾眉'来形容美女之眉了。"蛾说："这话我爱听。""你的翅膀也很美，虽小，却精致，闭起来，像披着斗篷……""可是与蝶的翅膀比起来，我就会无地自容了。""可是蝶的翅膀却没有发光的磷点呀！一只在黑暗中飞舞的蝶，与蝙蝠有何不同呢，你刚才飞舞时，翅膀上的四点磷光闪烁，如人任要'火流星'一样……""你真的欣赏吗？那我再飞给你看！"蛾说罢，立即飞起。它又顽皮起来了，越飞离烛火越近，并且一次冒险地低掠着烛的火苗盘旋，使烛一次次提心吊胆，不断惊呼："别胡闹！别胡闹！……"于是死寂的地下室，产生了近乎热闹的气氛。在那一种气氛中，一支烛和一只蛾，各自心里的感伤荡然无存了。

快乐之后是又一番交谈。它们的交谈变得倾心起来。烛告诉蛾它是怎么被带到地下室的；而蛾告诉烛，它则完全是被烛引到地下室的——它本来在楼口的灯下自由自在地飞舞着，忽然一阵风，将它刮入了楼道。楼道里很黑，它正觉得不安，那秉烛的女孩儿走出了家门，结果它就怀着无限的爱慕之情，伴着烛光飞到地下室了……

烛听了蛾的话，感到自己害了蛾，又流淌下了一串泪。蛾却显得特别的欣慰。它说能有幸和烛独处同一空间，便死而无憾了。烛又忧伤起来。它说："你这只漂亮的可爱的小蛾啊，你的话使我听起来，觉得我们是在谈情说爱似的。"蛾问："那有什么不好？"

烛反问："在这样水泥墓穴似的地方？"蛾说："正因为是在这样的地方，我们除了彼此相爱，还有什么更值得做的事情？"烛心事重重地自言自语："我，和你？"蛾说："又有什么不可以？"于是，它们由倾心交谈而心心相印了。由心心相印而情意绵绵了……午夜时分，烛燃得只剩半寸高了。烛恋恋不舍地说："漂亮的小雌蛾啊，我的生命就要结束了。让我以一支烛无可怀疑的诚实告诉你吧，你使我的生命不算白过。"

蛾以情深似海的语调说："我挚爱的伟大的烛啊，你以你的生命之光为我这一只小小的蛾驱除着黑暗，实在是我的幸福啊！你知道人间有一部戏叫《霸王别姬》吗？"

烛说："我知道的。"蛾说："那么好，让我学那戏中的虞美人，为我的烛做诀别之舞。"于是蛾再次飞起，亢奋而舞。烛在痴情的欣赏中，渐渐接近着它的熄灭。舞着的蛾在空中忽然热烈地说："爱人，现在，我要飞向你！"烛意识到了蛾将要怎样，大叫："别做傻事！"蛾却说："我要吻你！拥抱你！我要死得优美，并且陪你同死！""不，你给予我精神之爱，对我已经足够了！""但我仍觉得爱不彻底！"蛾的话热烈，情炽，坚定不移。"你为什么一定要自蹈悲惨？！"烛光剧晃，烛又哭了，急的。它再次泪如泉涌。"像我这么一只不起眼的，令人鄙视的，被人认为对他们有害，想方设法欲加以灭绝的小小蛾子，能有机会为爱死，是上帝成全我啊！我无私的，光明的，一心舍己为人的爱人呀，快准备好接受我吧！我来啦！"蛾在空中做了最后几圈盘旋，高飞起来，接着猛扇四翼，专执一念地朝烛的火苗扑了过去……转瞬间，蛾用它的双翅紧紧抱住了烛的火……

烛清楚地看到蛾的双眉向上一扬，呈现出一种泰然快慰的表情……烛清楚地听到蛾"啊"了一声。那声音中一半是痛楚，一半是幸福……烛的火苗随即灭了……烛泪在黑暗中将蛾"浇铸"……第二天，女孩儿想起了烛……她将残烛捧给妈妈看，奇怪地问："妈妈，怎么会发生这么悲惨的事？"她的妈妈没有正面回答，只是说："飞蛾扑火嘛，常有的事儿，快扔了，多脏！"她又捧着去问爸爸，爸爸说："由飞蛾扑火，应该想到自取灭亡一词对不？蛾不但讨厌，而且有害，死有余辜，死不足惜！"女孩儿并不满足于爸爸妈妈的话。她独自久久地捧着残烛看，心中对蛾油然生出一缕悲悯……女孩儿将残烛和蛾郑重其事地埋葬了。如同合葬了两条死去的鱼，或一对鸟，一双蝶……女孩儿对"飞蛾扑火"的现象，显然有着与爸爸妈妈相反的看法和联想。

后来，女孩儿上中学了。她在她的作文中写到了这件事。老师给予她的是她作文中最低的一次分数，还命她将她的作文在语文课上读了一遍……

老师评论道："蛾是有害的昆虫。怎么可以对有害的昆虫表达惋惜呢？这是作文的主题发生理念性错误的一例……"她对老师的评论很不以为然。再后来，她上大学了，工作了，恋爱了……她的恋人是她中学的男生。有一次她问他；"你常说我美。告诉我，我究竟美在哪儿？"他立即便说："美在双眉！你知道你有一双怎样的眉吗？你的眉使我联想到蛾眉一词。而且认为，在我见过的所有女性中，只有你的双眉，才配用蛾眉二字形容。你的眉使你的脸儿显得那么清秀，衬托得你的眼睛那么沉静，使你有了一种婉约又妩媚的女性气质……"

确乎的，在一百个女人中，也挑不出一个女人生有比她更美的眉；确乎的，她的双眉，使她的脸儿平添清秀……

"那么，告诉我，你从什么时候开始爱上我的？""在我们是初中同学时。你还记得你写过一篇关于蛾的作文吗？""当然记得。""你作文中有一段话是——与'自取灭亡'一词恰恰相反，'飞蛾扑火'使我联想到凄美的童话，忧伤的诗以及爱能够达到的无怨无悔。当时我就对自己说——这个女孩儿我爱定了！"她哭了。她偎在他怀里说："谢谢你爱我。谢谢你懂我。我是那种为爱而来到这世上的女孩儿。我期待着爱已经很久了。我知道像我这样的女孩儿如今已经不多了，可我天生这样不是我的错。谢谢你用你的爱庇护我这样的傻女孩儿……"

而他说："你不傻。我寻找像你这样的女孩儿，也找了很久了。找来找去，终于明白要找的正是你啊！"于是他俯下头深吻她……

羊 皮 灯 罩

　　此刻，羊皮灯罩拎在女人手里，女人站在灯具店门外，目光温柔地望着马路对面。过街天桥离地不远横跨马路。天桥那端的台阶旁是一家小小的理发铺。理发铺隔壁，是一间更小的板房，也没悬挂什么牌匾，只在窗上贴了四个红字"加工灯罩"。窗子被过街天桥的台阶斜挡了一半，从女人所伫立的地方，其实仅可见"加工"二字。

　　女人望着的正是那扇窗，目光温柔且有点儿羞赧，还有点儿犹豫不决。她已经驻足相望了一会儿了。她似乎无视马路上的不息车流，耳畔似乎也听不到都市的喧杂之声。分明，她不但在望着，内心里也在思忖着什么。

　　这一天是情人节。

　　女人另一只手拿着一枝玫瑰。

　　太阳在天空的位置刚刚西偏。一个难得的无风的好天气。春节使过往行人的脚步变得散漫了，样子也都那么悠闲。再过几天，就是这女人二十九岁生日了。在城市里，尤其大都市里，二十九岁的女人，倘容貌标致，倘又是大公司的职员，正充分地挥发着"白领丽人"既妩媚又成熟的魅力。

这二十九岁的来自乡下的女人，虽算不上容貌标致，但却幸运地有着一张颇经得住端详的脸庞。那脸庞上此刻也呈现着一种乡下水土所养育的先天的妩媚，也隐书着城市生活所造就的后天的成熟。只不过她这一辈子怕是永远与"白领丽人"四字无缘了。因为她在北京这座全中国生存竞争最为激烈的大都市拼打了十余年，刚刚拼打出一小片属于自己的天地——一个雇了两名闯北京的乡下打工妹的小小包子铺。在那两名打工妹心目中，她却是成功人士，是榜样。她的业绩对她们的人生起着她自己意想不到的鼓舞作用。

　　她今天穿的是她平时舍不得穿的一套衣服。确切地说那是一套咖啡色的西服套装。对于一个二十九岁的女人，咖啡色是一种既不至于使她们给人以轻浮印象，也不至于看去显得老气的颜色。而黑色的弹力棉长袜，使她挺拔的两条秀腿格外引人注目。她脚上穿的是一双半高跟的靴子，脸上化着淡淡的妆。总之在北京二月这一个朗日，在知名度越来越高地影响着中国人的情人节的下午，这一个左手拎着一盏羊皮灯罩，右手拿着一枝红玫瑰，目光温柔且羞赧地望着马路对面那扇窗的，开家小小包子铺雇两名乡下打工妹的二十九岁的女人，要踏上离她不远的过街天桥"解决"一件对女人来说比男人尤其重大的事情。那件事有的人叫作"爱"，有的人叫作"婚姻"。

　　其实她并不犹豫什么，也对结果抱着感觉特别良好的预期。她非是一个脱离现实的女人。北京对她最有益的教诲那就是——任何时候任何情况之下，都千万别变成一个脱离现实而自己懵懂不悟的人。她那一种感觉特别良好的预期，是马路对面那扇窗内的一个男人，不，一个青年的眼睛告诉给她的。尽管她比他大五岁，她却深信他们已心心相印。那是一双怎样的眼睛啊！充满自尊，也有点忧郁。对于那样一双眼睛，爱是无须用话语表达的。

灯具店的售货员要将她买了的羊皮灯罩包起时，她说不用。

"拎到马路对面去进行艺术雕刻吧？"

她点了一下头，一时的脸色绯红。

"凡是到我们这儿买这一种羊皮灯罩的，十有六七都拎到马路对面去加工。那小伙子特有艺术水平，不愧是专科艺术院校的学生。唉，可惜了，要不哪会沦落到那种……"

她怕被售货员姑娘看出自己脸红了，拎起羊皮灯罩赶紧离开。

一男一女从那小屋走出，女人所拎和她买的是一模一样的羊皮灯罩。女人将灯罩朝向太阳擎举起来，转动着，欣赏着。男人一会儿站在女人左边，一会儿站在女人右边，一会儿又站在女人背后，也从各个角度欣赏。隔着马路，她望不到人家那羊皮灯罩上究竟刻着什么图案或字。却想象得到，对着太阳的光芒欣赏，一定会给人一种比灯光更美好的效果。艺术加工过的羊皮灯罩，内面是衬了彩纱的。或红，或粉，或紫，或绿，各色俱全，任凭选择。那男人一手搂在女人肩上，当街在女人颊上吻了一下。她想，如果他们不满意，是不会当街有那么情不自禁的举动的。于是她内心替那扇窗里的青年感到欣慰，甚而感到自豪。望着那一对男女坐入出租车，她不再思忖什么，迈着轻快的步子踏上了天桥台阶……

半年前的某日她到工商局去交税，路过马路对面那扇窗。突然，玻璃从里边被砸碎了，吓了她一大跳，紧接着传出一个男人的叫嚷声："你算什么东西？你怎么敢不经我们的许可给加了一个'、'号？！你今天非得用数倍的钱赔我这灯罩不可！因为我的精神也受损失了！……"

于是很多行人停住了脚步。她也停住了脚步，但见小屋内一个衣着讲究的男人，正对一个坐在桌后的青年气势汹汹。男人身旁是一个脂粉气浓的女人，也挑眉瞪眼地煽风点火："就是，就是，赔！

至少得赔五倍的钱……"

坐在桌后的青年镇定地望着他们，语调平静而又不卑不亢地说："赔是可以的。赔两个灯罩的钱也是可以的。但是赔五个灯罩的钱我委实赔不起，那我这一个月就几乎一分不挣了……"

同是外乡闯北京之人，她不禁地同情起那青年来，也被那青年清秀的脸和脸上镇定的不卑不亢的神情所吸引。在北京，在她看来，许许多多男人的脸，都不同程度地存在着酒色财气浸淫和污染的痕迹，有的更因是权贵是富人而满脸傲慢和骄矜，有的则因身份卑下而连同形象也一块儿猥琐了，或因心术不正欲望邪狞而样子可恶。她的眼前大都市里的形形色色的男人形形色色的脸已极富经验，但那青年的脸是多么地清秀啊！多么地干净啊！是的，清秀又干净。她只有小学五年级文化。清秀和干净四字，是她头脑中所存有的对人的面容的最高评语。她认为她动用了那最高评语是恰如其分的。

人们渐渐地听明白了——那一对男女要求那青年在他们的羊皮灯罩上完完整整地刻下苏轼的一首什么似花非花的词，而那青年把其中一句用标点断错了。一位老者开口为青年讨公道。他说："没错。苏轼这一首词，是和别人词的句式作的。'恨西园、落红难缀'一句，之间自古以来就是断开的。"

那青年说："我就是这么告诉他们的。"语调仍平静得令人肃然起敬。

那男人指着老者说："你在这儿充的什么大瓣蒜，一边儿去。没你说话的份儿！"——他口中朝人们喷过来阵阵酒气。

老者说："我不是大瓣蒜。我是大学里专教古典诗词的教授。教了一辈子了。"

那女人说："我们是他的上帝！上帝跟他说话，他连站都不站起来一下！一个外地乡巴佬，凭点儿雕虫小技在北京混饭吃，还摆的什么臭架子！"

这时，理发铺里走出了理发师傅。理发师傅说："刚才我正理着发，离不开。"说着，他进入小屋，将挡住那青年双腿的桌子移开了。那青年的两条裤筒竟空荡荡的……

理发师傅又说："他能站得起来吗？他每天坐这儿，是靠几位老乡轮流背来背去的！他怕没法上厕所，整天都不敢喝口水！……"在众人谴责目光的咄咄盯视之下，那一对男女无地自容，拎上灯罩悻悻而去。有人问："给钱了吗？"青年摇头。有人说："不该这么便宜了他们！"青年笑笑，说跟一个喝醉了的人，有什么可认真的呢？……她从此忘不掉青年那一张清秀而又干净的脸了。后来她就自己给自己制造借口，经常从那扇窗前过往。每次都会不经意似的朝屋里望上一眼……再后来，每天中午，都会有一名打工妹，替她给他送一小笼包子。她亲手包的，亲手摆屉蒸的……再再后来，她亲自送了。并且，在他的小屋里待的时间越发地长了……终于，他们以姐弟亲昵相称了……二十九岁的这一个女人，因为迟迟地还没做妻子，已经有点儿缺乏回家乡的勇气了。二十九岁的这一个女人，虽然迟迟地还没做妻子，却有过十几次性的经历了。某种情况之下是自己根本不情愿的；某种情况之下是半推半就的。前种情况之下是为了生意得以继续；后种情况是由于心灵的深度寂寞……

现在，她决定做妻子了。她不在乎他残疾，深信他也不会在乎她比他大五岁。她此刻柔情似水。踏下天桥，站在那小屋门外时，却见里边坐的已不是那青年，而是别的一个青年。

人家告诉她，他"已经不在了"。他在大学三年级时不幸患了骨癌，截去了双腿。他来到北京，就是希望减轻家里的经济负担，靠自己的能力医治自己的病，可癌症还是扩散了……

人家给了她一盏羊皮灯罩，说是他留给她的，说他"走"前，撑持着为她也刻下了那首什么似花非花的词……

二十九岁的这一个外省的乡下女人，顿时泪如泉涌……

不久，她将她的包子铺移交给两名打工妹经营，只身回到乡下去了；很快她就结婚了，嫁给了一个四十多岁的二茬光棍。在她的家乡那一农村，二十九岁快三十岁的女人，谈婚论嫁的资本是大打折扣的。一年后她生了一个男孩儿，遂又渐渐变成了农妇。刻了什么似花非花词的羊皮灯罩，从她结婚那一天起，一直挂着，却一直未亮过。那村里的人都舍不得钱交电费，电业所把电线绕过村引开去了……

那羊皮灯罩已落满灰尘。

又变成了农妇的这一个女人，与村里所有农妇不同的是，每每低吟一首什么似花非花的词。只吟那一首，也只知道世上有那么一首词。吟时，又多半是在奶着孩子。每吟首尾，即"似花还似非花，也无人惜从教坠"和"细看来，不是杨花，点点是离人泪"二句，必泪潸潸下，滴在自己乳上，滴在孩子小脸上……

恋 爱 那 些 事

从前，在民间，恋爱叫搞对象。

想恋爱得好首先必须谈得拢，这比较符合常识。但搞对象的"搞"字，听来却未免令人疑惑。

然而搞对象的说法在民间却更普遍。

家长每这么问和答："你家大小子有对象没呢？"

"正搞着哪。"

"有成功把握吗？"

"唉，谁知道呀，由他自己搞搞看吧。"

"要是姑娘不错，你当妈的可就得督促着儿子上心搞，别搞秃噜啦！"

"秃噜"是北方土语，意谓螺丝杆和螺丝帽拧脱扣了，报废了。也引申为明明咬了钩的鱼又逃了，总之是将事办砸了的意思。

但以上对话，仅限于母亲之间。若谈论的是女儿，基本也那么说。我当年很少听到父亲之间怎么谈论儿女的婚事——我父亲常年在外省工作，家中来过的少有已经当了父亲的男人。

而若一个青年问另一个青年："怎么很难见着你了，忙什么呢？"

对方回答开始谈恋爱了，往往会受到讽刺："转什么呀？搞对象就说搞对象！还说成谈恋爱！谈恋爱就是比搞对象高级的事啦？"

一个青年如果已是高中生了，便会开始嫌弃"搞对象"加了动词的说法，逐渐倾向于"谈恋爱"的说法。

"谈个人问题了吗？"

"正谈呢。"

他们往往这么问答。

"谈"虽比"搞"斯文，却有后继的不自然。向别人介绍时，还得说："这是我对象。"倘说"这是我恋人"，未免太酸了。而"女朋友""男朋友"之语，在民间尚未流行，会被认为是关系暧昧的说法。

当年底层青年男女的婚姻成功过程，一般经历四个基本阶段——搞对象、公布对象关系、进一步明确未婚夫妻关系和结婚。

搞对象的前期，分手被民间所包容。公布对象关系后，双方便都受"民间正义"的制约了。倘一方不能道出被民间所能接受的理由，却非与另一方分手不可，会被所谓"民间正义"视为"不义"。双方家长也肯定结下了"梁子"，老死不相往来。

以如今的常识来看，"未婚夫妻"的概念是不成立的。未婚何以能算夫妻呢？当年不像现在，未婚同居现象比比皆是，有了孩子在法律上会被界定为"夫妻性质"。当年的男女，即使都是未婚者，偷偷摸摸搞几次一夜情，被发现了也会成为"作风不好"的典型。较长期的同居想都别想，民间会检举，派出所会干涉。因为早年间法律明文规定不允许未婚男女同居。对敢以身试法的人，轻则批评教育，重则法办。

故，在当年，"未婚夫妻"的概念不但成立，而且受到民间道德法则的维护，也被法律所认可。

这一现象，与古老的订婚风俗有关。既已订婚，当然便是未婚夫妻。订婚还往往涉及聘礼，男方予之，女方受之，法律便当然要维护财物受损失的一方。

从前，南方青年的恋爱过程，普遍比北方青年的恋爱过程快乐指数高一些，农村青年的恋爱过程，也普遍比城市青年的恋爱过程浪漫一些。这乃因为，在农村的广阔天地，特别是在南方的农村，任何一对青年可以避开他人目光亲爱作一团的地方比比皆是，而北方的城市的青年则很难得天独厚。这里说的北方，主要指东三省。从十一月至来年"五一"前，北方有半年是不利于人们进行户外活动的日子。这半年的前四个月户外天寒地冻；第五个月到处化雪，泥泞不堪；第六个月东风劲吹，往往刮得人只能退行。满打满算，东三省城市里的青年，一年中只有半年是适合于在户外恋爱的日子。不在户外不行吗？谁家也没一间闲屋可供他们进行室内恋爱呀！他们不在乎家人碍眼，家人还在乎他们碍眼呢！除了双方的家，再就没什么是建筑物的空间可供一对恋爱中的青年不受干扰地待会儿了吗？除了电影院，确实再无那样的地方。但如果每次的冬季见面都看一场电影，再各吃一支奶油冰棍，一个是二级工的小伙子也会倍感成本压力的。

所以东三省的恋爱青年，都非常珍惜从五月到十月底这半年的好时光。在这半年里，每天下班后的时间加上星期日全天，几乎都在惜时如金地"轧马路"——二人互相挽着手臂，在一条走惯了的街上走来走过去的。站在某幢楼脚亲次嘴，便觉特享受。而一进入十一月，往往就得靠情书互诉衷肠了。市内邮票四分钱一张，成本低。

我下乡后，下乡前就确定了恋爱关系并同在我们连的知青只有一对儿，都是"老高二"。第二年，二胡拉得好的男知青被沈阳军区歌舞团选走了。他对象的父亲是曾经的国民党军官，她从道义上不能影响他的前程，他们的恋爱关系只能结束。

我们成为"兵团战士"的头三年，包括高中知青在内，都尽量避免互相发生恋爱关系。即使暗中确实恋爱着了，也不愿被别人看出来，更不愿自己承认。因为每个人内心里都是不愿扎根的，而恋爱关系一经由自己承认，意味着招工、上大学、参军等机会与二人无缘了——好机会不可能同时属于一对恋爱中的知青。

　　以我们那个连队而言，给我留下深刻记忆的恋爱故事只有这么一桩——女方是高二知青，长得清清秀秀的。男方比她小两三岁，是独生子，有资格留城。家境似乎也挺好，不属于干部家庭，也不属于高级知识分子家庭，据说是从前的民族资本家的后代，家底厚实。很少有人清楚他们是怎么搞上对象的。总之，他与她同时来到了我们连。她是女"兵团战士"，他什么也不是，因为他并没报名下乡，仍是一名城市"待分配工作"的青年，保留着城市户口。又据说，他从小娇生惯养，曾与什么不良青年团伙有染。他既然也到了连队，连里只得同意他暂时在我们男知青宿舍挤出的铺位住下，而他一住就住了半年多。别人出工，他也出工，但不跟班排一起干活，喜欢一个人去往马号，学套车、卸马、赶车、铡马草，显示出对马匹的热爱。别人分班政治学习，他却不参加，还是独自去往马号找活干。他的特殊化引起了我的注意，好奇地一问，才知他不算"兵团战士"，干活也没工资，所以不能按战士要求他。并且，知道了他的绰号叫"三毛"。

　　他是个沉默寡言的人。身材健美，像体操运动员，看得出，必定常年坚持练双杠，举哑铃。他还是个脸上缺少表情变化的人，像施瓦辛格演的机械战士，有一张施瓦辛格那种类型的脸。女知青们对他持什么看法我不清楚，却没有哪一个男知青歧视他。相反，对他都挺友善的，他对别人也很友善。晚上，熄灯前，他习惯于靠着被子坐在自己的铺位上听大家闲聊。听得高兴，向会吸烟的人分烟。

后来，就有老战士夸他了，说人家不拿一分钱工资，干起活来却实心实意的，难得。哪样活都学得快，很聪明。

不利于他的事还是发生了——冬季来临后，他使自己所爱的女知青怀孕了。她又不能因而便做"妈妈知青"，只得接受流产术。他并没显出羞耻的样子，但看得出对她是很内疚的。

当时我住在事务长家。事务长两口子回四川探家去了，让我看家。事务长家住屋较大，炕面长，炕上打了一堵木板隔断，使那炕分为一大一小两部分，小的部分只铺得开褥子。曾有一个时期，事务长的父亲从四川老家来看儿子，所以炕上有了那个隔断。而我图暖和，每晚睡隔小了的那部分炕。

连里的干部找我谈话，说要安排手术后的女知青也在事务长家住几天，以利于她将养身体，问我同意不同意。

我当然表示同意，一点儿瓜田李下的顾虑都没有。

连里的干部嘱咐我夜里机灵点儿，千万别使更不好的事发生了。言外之意是，要求我防止她一时想不开寻短见。

我保证绝不会使那样的事发生。

于是她也住到了事务长家。

我终于对上了号——"三毛"所爱的女知青究竟是哪一个。

我认为他俩从形象上挺般配的，婚后会成颜值良好的一对夫妻。

当晚我和她进行了一次简短的谈话，将连干部担心什么告诉她了。

她说："我不会的。"

我说："我相信你。"

有天夜里我被她哭醒了，不知该怎么劝她，问她要不要我将"三毛"找来？

她说确实极想见他。

我便穿上衣服，去到男知青宿舍，轻轻捅醒"三毛"，让他到事务长家去，而我睡他的被窝。后来，连里吹过熄灯号，我俩夜夜如此这般。那宿舍的男知青们全体心知肚明，谁都不说什么。这种情况，一直持续到她重新住回女知青宿舍去。

"三毛"对我自是心存感激的，却从没说过一个谢字。显然，他极不善于对人表达感激。但他一见到我就敬烟。他吸烟，没瘾。而我日后成了烟民，他是有一定责任的。我吸他的烟他高兴，这使我没法拒绝。他高兴时，一脸的天真无邪。

我接到团宣传股的调令离开连队那天，所搭的马车已将连队远远地抛在后边了，他骑一匹无鞍马追了上来，送了我几里地。也不说话，只是默默随行。那天他给我的印象是——这样的人，可做终生之友。只要你一直对他好，他就不会背叛友谊。作为朋友他唯一的缺点也许只不过是话太少了。他话少并非意味着他信奉"沉默是金"，而是天性使然。似乎，他来到世界上的头等大事只有一桩，便是爱某个女人。而在这一点上谁帮过他，谁就会成为他铭记不忘的人。但他不说，因为不会说那种话。

后来我听人讲，到了他所爱的女知青可以请探亲假的时候，他俩双双回到了哈尔滨，而她再也没回连队。

"大返城"后，我见到老连队的知青，询问"三毛"他俩生活得怎么样，了解情况的人说幸福着呢。具体有多幸福，在当时人多的情况下，我没细问……

结 婚·离 婚 那 些 事

当年，在农村，结不起婚的人主要分两类——一因穷，二因"成分"不好。

当年农村的穷，非个别现象，往往是整村穷，村村穷，穷一片。所以，有不少"光棍村"。贾平凹的小说《鸡窝洼的人家》，反映兄弟二人娶一个媳妇的穷境，是获全国小说奖的作品。当年有个别评论指责他"暴露"社会主义阴暗面，而我一直认为那篇小说最代表平凹的"现实主义精神"。当然，也不能明着二娶一，共同拥有一个媳妇是背地里的事。

"娶"的前提是双方自愿。只要双方自愿，实际上就不存在什么娶得起娶不起的问题。所以，男人"娶不起"，也是女人因他们穷不愿嫁的另一种说法。即使光棍男人们干脆自灭了念头，打算终身不娶，若父母在，是不依的。于是，"换婚"遂成最省钱的娶嫁现象。若双方两对兄妹相貌都说得过去，甚至不错，"换婚"自然也是皆大欢喜的事。但老天通常并不这么关爱穷人，故换婚的结果往往是总有一对抱憾终生。

"成分"不好的农村人家，大抵无望。这乃因为，即使其家庭成员与别人干同样的活，劳动量一点不比别人少，也不能获得到同样多的工分。招工、参军、上大学等好事，仿佛永远与他们无缘。又穷，"成分"又不好，娶媳妇难上加难。贫下中农家儿子，若背地里与地主家模样不错的女儿恋爱了，这种事虽也会有阻力，但最终成婚的可能还是蛮大的。反过来，基本没门儿。若男方不剪断念头，那么肯定被视为阶级斗争"新动向"，男方就没好果子吃了。

仅就钱财而论，当年的中国没有富人。但就生活水平而言，天壤之别的现象是客观存在。故在城市里，门第就是成分的证明，同样制约城市青年们的恋爱成败。从大概率上看，普通人家的儿女与高干人家的儿女产生恋爱关系的机会微乎其微。即使同在一座城市，甚至是同一所中学、大学的学生，基本也互不交往。前者再优秀，那也不会对后者产生多大的吸引力。而后者们一向低调，对家庭背景讳莫如深。各有各的圈子，互相只在不同的圈子里知根知底，释放吸引力。

"文革"一度使此种无形壁垒坍塌，使一些高干儿女沦落民间，于是与普通人家儿女产生了友情甚至爱情。但那是特定年代的非常态现象。"文革"结束不久，友情基本终结，夫妻大抵离异。非常态现象逐渐恢复到以往的常态，门第秩序逐渐井然，民间儿女与所谓"上层人家"儿女各归其群，从此老死不再往来。像英国王储们那种与平民家普通女儿结为夫妻的事，在中国是没先例的。

具体论到民间，令当年的青年们发愁的结婚之事也是房子问题。当年的中国没有买卖房屋一说，但凡像点样的房屋，皆属公产，任何人都无权买卖。"兑房"是允许的，即一方出让居住权，另一方予以经济补偿。"兑房"少说亦须几百元，居住条件良好的近千元，一千几百元，非一般人家敢想。所以对于民间儿女，解决婚房问题只有两种选择——要么私搭乱建，要么租房。租房也构成巨大的经济压力。就算夫妻双方都是二级工，工资加在一起才七十几元。而租一处二十来平方米的土坯房，当年也得十五六元。若再添了孩子，每月向双方父母交几元赡养费，小日子就很紧巴了。至于私搭乱建的婚房，基本上都可以用小小的"土坯窝"形容。

故可以如此推论，中国之城市"80后"，一半左右出生于十几平方米、二十平方米的私搭乱建的或父母租住的各式各样的"蜗居"中。条件有所改善，大抵是他们成了少男少女以后的事。进言之，他们的父母，几乎皆无甜蜜的新婚日子值得回忆。所以，"80后"尤其要明白，感恩于父母是必须的。

当年，在中国，在民间，离婚也不易。首先是，一旦离婚，一方将无处可住。其次是，家庭这一"合资单位"解体，不论各自承担怎样的抚养儿女的法律责任，双方的经济状况都将变得很糟。再其次，若非离不可的是男方，则他还必须提出"过不下去了"的硬道理。而从当年民间的是非立场看来，只要女方并无屡教不改的作风问题，一切"过不下去了"的理由都是不足以成立的，法律也绝不支持。当年法院判离婚案，须参考双方单位意见。如果双方都是无正式单位的个体劳动者，那么街道委员会的看法也相当给力。街道委员会也罢，单位也罢，都会不约而同地、本能地秉持"妇女保护主义"立场，认为便是秉持正义。实际情况也是，对于女性，离婚后的生活将十分不易。而若离婚的原因是由于男方另有新欢，那么他必得有足够勇气经受来自社会方方面面的道德谴责。也并不是有那般勇气就容你心想事成了——那将是一场"持久战"，拖了八年十年还没离成不足为奇。

离婚虽是夫妻之事，但在当年也被认为关乎社会稳定，关乎社会主义优越性的体现。故在"文革"前，中国是世界上离婚率极低的国家，也以离婚率低而自豪。"文革"十年，离婚率上升。夫妻一方若被划入政治另册了，"离婚"不但成为另一方的自保方式，而且受到革命的肯定，正所谓"十年河东，十年河西"。"文革"后的整个八十年代，离婚率仍呈上升态势。这乃因为，"河东河西"之变，又开始了一番轮回。这么变也罢，那么变也罢，政治外因的强力介入是主因。故可以说，从"文革"十年到"文革"后十年，中国有一种离婚现象是"政治离婚"。但这种现象，主要体现于干部子女与知识分子夫妻之间。许多干部落实政策了，官复原职了，甚至职位更高了，他们曾经沦落民间的儿女，于是要改变已经形成于民间的婚姻。这种意愿，在不少知识分子中也有呼应。因为知识分子的命运，"文革"后也逐渐向好。男人的命运一旦向好，就会吸引较多的女性追求者。女性的命运一旦向好，对婚姻幸福的要求便会提高。人类社会在许多方面发生了根本改变，在许多方面却似乎亘古不变，此点是不变法则之一。

比起来，干部儿女，特别是高干儿女，当年的离婚很容易——因为他们父辈手中的权力，可将离婚难题一一摆平。不论"被离婚"的是男是女，给你安排好住房，给你解决一份稳定又较理想的工作，子女的抚养问题也不必你操心。总之，使你没有了一切后顾之忧，你还待如何呢？非不离，不是太不识相了吗？那么一来，"正义"也就不保护你了。

知识分子的离婚，可就不那么容易了。当年，我认识一位科技知识分子，单位刚分给了他一套七十几平方米的楼房，他出人意料地闹开了离婚。且不论是否过不下去了，首先你必须为你的"娜拉"安排好另一住处吧？他根本不具备那种能力，所以夫妻二人仍共同居住在小小的两居室内。他连净身出户也做不到，因为他一旦离开了那个家，自己也无处可住。所幸他们的女儿上大学了，可以住校不回家。即使家中只有他们离不成婚的二人，那种形同陌生人的关系也还是太尴尬了。不但他们自己住得尴尬，去找他的同事朋友也很尴尬。最终没离成，又将就着往下过了。照样留下了负面议论——"什么过不下去了，借口嘛，这不也继续过下去了吗？"

20世纪80年代晚期，路遥有部中篇小说《人生》——主人公高加林是考上了大学的农家子弟，他的农村对象叫巧珍。他结识了地委干部的女儿，她也一度对他颇有好感，这使他对巧珍变心了。结果，他先后失去了两个女子对他的爱，也失去了在城里的工作，被迫退回到农村，被现实打回了原形。

试想，若高加林非农民的儿子，而是级别够高的干部子弟，结果就断不会是那样——他可以首先为巧珍解决城市户口，再安排一份较好的工作。如果巧珍有上大学的愿望，并且是那块料，他助她考上大学亦非难事。那么一来，岂不是三方都心想事成皆大欢喜了吗？

在整个20世纪80年代，中国的离婚率虽然上升了，婚姻在底层却相当稳定。底层儿女能结成婚已属幸事，谁敢动离婚之念呢？也都没有离得成的能量呀。

20世纪90年代后，中国的离婚率更高了。个体经济发达了，成功的，也就是有钱的男人多了。此时的中国式离婚，主要靠的是钱的摆平作用。而钱的摆平作用，比权的摆平作用更大，也更易于发挥。

当年，有对"改革开放"不满的人士，每拿离婚率说事，认为是社会道德的滑坡现象。

2000年后，忧虑之声渐敛——因为主张离婚权利的女性，不仅不少于男性了，似乎还有超过男性的趋势。时代之变革，为中国女性提供了前所未有的展现各种能力和才华的机遇，她们不再仅仅是家庭的"半边天"了，也逐渐成为社会的"半边天"了。女性是男性的老板，给男性发工资；女性是男性的领导，男性在职场上被指挥得团团转，唯命是从的现象比比皆是。学历高、官场或职场职务高、收入高、知名度高的女性越来越多，她们与各行各业的成功男士的接触面空前扩大，弃夫另择佳偶的意志往往表现得十分坚决。居住问题、子女的抚养问题对于她们已根本不是个事。她们往往向男士开出令他们满意的离婚条件，使他们最终几乎没有理由不在离婚协议上签字。但，官场上这种现象并不多，事业单位和国企也不多。因为以上三个平台，不论对能力强的男性还是女性，有着同样的公德要求。在私企和自由职业者群体中，她们的任性却不受任何限制。特别是在文艺界，是自由职业者的她们，还每靠离婚之事自我炒作，以提高知名度——知名度对她们很重要。

权、钱、色的交叉交易，也每每引发由女性"第三者"导致的离婚之事，社会将她们概言为"小三"。此三种交易中，尤以男性官员的行径为最丑陋。官方反腐统计表明，凡贪官，必"包二奶"，养"小三"。

回顾一下历史，我们不难获得这样的印象——权、钱、色的交叉交易，实为几千年来的人类社会常态。而在三者之中，钱色交易是常态的常态。如果排除权力在三者之中的丑陋现象不论，那么简直可以说，钱色交易乃人类社会的通则。从前是，谈到钱，当官的也拿不出多少。现在是，非官的富豪在全中国一点儿也不比是高官的男人少，这使"颜值"二字在中国具有了蓝筹原始股的意味。"红颜"一笑值千金的现象，在中国早已是不新鲜的故事。

却已没有人再絮叨离婚率了。絮叨也没谁听了。因为事实乃是，中国早就成为离婚率很高的国家了。

离婚率的高低，原因是多方面的，并不能完全说明一个国家的价值观怎样。但，若一个国家的离婚率与金钱对社会的影响力成正比，那也就没法不承认，金钱崇拜心理，是多么普遍地形成一种价值观了。

在权、钱、色交叉交易泛滥得不成体统的时期，权、钱被崇拜的程度几乎是相等的。"反腐"力度加大以后，权力逐渐从交叉交易中退场了，钱色交易关系突出了——金钱为王的价值观由而至上独尊。

古今中外，人类的社会，一直有两类价值观现象并存。一种是现实存在性，一种是文化存在性。绝大多数人类不喜欢金钱至上的价值观，因为这个世界有一点迄今未变，那就是极少极少数人，拥有最多最多最多的金钱。金钱至上的价值观会使百分之九十九点九还多的人类感到活得悲催。但这是无奈之事，连以几千万人的牺牲为惨重代价的革命都没改变它，似乎更加证明了金钱至上是颠扑不破的"真理"。但人类又不能对自己憎恶又无奈的现象毫无作为，于是便靠了文化这一"软实力"来对抗它、否定它、冲淡它的影响，以使大多数人类觉得在金钱至上的价值阴影下，仍算活得有意义，有尊严，有自信，有幸福感。

某些国家在此点上做到了，而且做得成效卓然。尽管在那些国家的现实中，金钱实际上也还是为王的，却未必在价值观中至上了。这是文化的最伟大的功绩之一，也是人类在价值观方面最难取得的胜利之一。如果在此点上文化失败了，那么人类总体的在精神上是没出路的，会完蛋的。

在中国，以我的眼看来，前二十年内，文化有与金钱狼狈为奸之嫌。金钱企图在价值观领域至上独尊的本能野心，非但没受到文化的有效阻击，反而获得了文化的取悦、献媚和帮衬。

所以，说到中国当下的价值观，人们台面上能说出很多，往往说得堂而皇之，振振有词。但，在普遍的人们的内心深处，金钱至上的价值观已坚如磐石，奠定了不二基础。

这才真是令人忧虑的事……

给 爱 放 假

是的，我这里说的是给爱放假，而不是为爱放假，而且，主要是对初恋者们的一种建议，是对初恋的女孩儿们的一种建议。

为爱放假，谁都明白——无非是说为了将初恋之爱如火如荼地进行着，该给自己放假，就当机立断地给自己放一天或几天假。初恋之爱，大抵总是如火如荼。它需要时间和精力。没有足够的时间和足够的精力，它仿佛就没有被格外地重视似的。所以，爱着的双方，就都觉得时间不够支配了。唯恐委屈了爱，于是将其他的事一桩桩排开去。其他什么事能与爱相提并论，能比爱更重要呢？甚至，为了爱，这样的事也是做得出来的——虽然一点儿病都没有，却一定要通过各种关系，开出一天或几天病假条，逃离单位，赶紧去俯就爱情。初恋之爱，动辄发小脾气，得经常哄。为爱放假，不管采取什么方式，仿佛总是值得的，即使被戳穿，也不觉得难堪。为爱嘛，谁都能理解的呀！

但我的建议恰恰相反。我的意思是，该为爱放假之时，只要并非正在离开了自己就不行的岗位上当着班，那就自己给自己放一天或几天假。扣工资就扣工资，扣奖金就扣奖金；而该给爱放假之时，也是应当机立断的。

民间有句话是："哪儿凉快上哪儿待着去。"——是撵车人的话。

给爱放假，就是请爱"哪儿凉快上哪儿待着去"。

这时，同样意味着人自己给自己放假。只不过，不再是逃离单位去俯就爱，而是从爱中抽出身来去干别的。或者一天，或者几天，干脆忘了什么初恋不初恋的、什么爱不爱的才好。

爱本身也像一切活物似的，总处在一种形影不离的状态，它是会累的。爱本身累了，意味着爱着的双方也都开始感到累了。只不过谁都不坦率承认罢了。此时若还不趁早给爱放几天假，爱是会被累伤的。

以我的眼看来，初恋着的男孩女孩们，尤其女孩们，往往并不明白以上一点。

初恋着的女孩不觉得累。初恋是每一个女孩顶喜欢的事，整天都在恋呀爱呀的也不觉得累，好比从前的年代织毛衣是某些女孩顶喜欢的事，整天手不离针，针必连着线团，从早到晚整天都在织也不觉得累。

初恋着的女孩认为，初恋嘛，当然就是整天形影不离的一种爱啰！倘在同一单位，那么午休的一个小时，男孩当然要分分钟陪于左右；男孩要替她打好饭，自己要坐在她身旁吃；吃时，应不时夹一口菜递向她嘴边，众目睽睽之下要证明给别人看他是多么爱她；吃罢，要替她刷洗碗筷。或反过来，女孩充当长姐充当小母亲的角色，在那一个小时里极尽体贴照顾之能事，直至使男孩不自然起来。如此这般初恋景致，大学食堂里屡见不鲜。甚至住宿的初中和高中生间，也每天表演着片刻。在图书馆里得彼此紧挨着坐，连上课去也要一路手牵着手。若双方都有手机，那么一天要和男孩通无数次话，发无数次短信。自己被一条短信逗乐了，怎么能不让男孩也笑一笑呢？快乐着你的快乐呀！哪怕那时候估计男孩已睡着了。

初恋中的男孩一定应该是觉轻觉少的呀！君不闻为爱而多思少眠吗？若星期日，无论女孩打算到哪儿，打算干什么，男孩都应当即表示高兴，而且要显出巴不得的样子。如果他竟不是那样，女孩的小嘴就噘起来了。即使才分开一个小时，男孩的手机里也往往会传来女孩的询问："你在哪儿？""你在干什么？""你想我了吗？"——甚至怀疑的口吻："你和谁在一起？"

男孩开始是沉湎于幸福的。但男孩的幸福感没有可持续性。不久男孩烦恼了。他感到自己几乎没有了属于自己的时间，或干脆说失去了一个自由人的种种自由。他感到自己仿佛被蛛网粘住了，虽然他不是小虫子，女孩断不会吃掉他，完全是由于爱他才用她的网粘住他……

那是维特们的另一种烦恼，挺普遍。所以我对初恋着的女孩建议：赶紧给爱放一天或放几天假！每半个月，起码要给爱放一天假的呀！给爱放假，其实也就是还男孩一定的时间和自由。在那一天或那几天里，别给他打手机啦，别打他电话啦，别和他形影不离啦；既还一定的时间和自由给男孩，也还一定的时间和自由给自己，做些自己想做之事，想些除了爱以外的其他的心事。

假期里的爱，就像冰箱里的苹果，仍会保鲜着的。

而男孩，将会觉得女孩那么善解人意，那么懂得爱情，于是更爱女孩。

初恋中的男孩女孩，千万别让爱在你们之间夹扁了。初恋中的女孩，你主动给你们的爱放假了吗？若没有，那么给爱放假，给爱放假！赶快给爱这一份权利！

第二章

家是归途

母 亲 养 蜗 牛

　　母亲是住惯了大杂院的。

　　大杂院自有大杂院的温馨。邻里处得好，仿佛一个大家庭。故母亲初住在北京我这里时，被寂寞所围的情形简直令我感到凄楚。单位只有一幢宿舍楼，大部分职工是中青年，当然不是母亲聊天的对象。由于年龄、经历、所关注事物之不同，除了工作方面的话题，甚至也不是我的聊天对象。我是早已习惯了寂寞的人，视清静为一天的好运气，一种特殊享受。而且我也早已习惯了自己和自己诉说，习惯了心灵的独白。那最佳方式便是写作。稿债多多，默默地落笔自语，成了我无法改变的生活定律了。

　　我们住的这幢楼，大多数日子，几乎是一幢空楼。白天是，晚上仿佛也是。人们在更多的时候不属于家，而属于摄制组。于是母亲几乎便是一位被"软禁"的老人了……

　　为了排遣母亲的寂寞，我向北影借了一只鹦鹉。就是电影《红楼梦》中黛玉养在"潇湘馆"的那一只。一个时期内，它成了母亲的伴友，常与母亲对望着，听母亲诉说不休。偶尔发一声叫，或嘎唔一阵，似乎就是"对话"了。但它有"工作"，是"明星"，不久又被"请"去拍电影了。母亲便又陷入寂寞和孤独的苦闷之中……

幸而住在我们楼上的人家"雪中送炭"，赠予母亲几只小蜗牛。并传授饲养方法，交代注意事项。那几个小东西，只有小指甲的一半儿那么大，呈粉红色，半透明，隐约可见内中居住着不轻易外出的胎儿似的小生命。其壳看上去极薄极脆，似乎不小心用指头一碰，便会碎了。

母亲非常喜欢它们，视若宝贝，将它们安置在一个漂亮的装过茶叶的铁盒儿里，还预先垫了潮湿的细沙。有了那么几个小生命，母亲似乎又有了需精心照料和养育的儿女了。七十多岁的老太太，仿佛又变成一位责任感很强的年轻的母亲。她要经常将那小铁盒儿放在窗台上，盒盖儿敞开一半，使那些小东西能够晒晒太阳。并且，要很久很久地守着，看着，怕它们爬到盒子外边，爬丢了。就好比一位母亲守在床边儿，看着婴儿在床上爬，满面洋溢母爱，一步不敢离开。唯恐一转身之际，婴儿会摔在地下似的。连雨天，母亲担心那些小生命着凉，就将茶叶盒儿放在温水中，使沙子能被温水焐暖些。它们爱吃的是白菜心儿、苦瓜、冬瓜之类，母亲便将这些蔬菜最好的部分，细细剁了，撒在盒儿内。一次不能撒多。多了，它们吃不完，腐烂在盒儿内，则必会影响"环境卫生"，有损它们健康。它们是些很胆怯的小生命，盒子微微一动，立即缩回壳里。它们又是些天生的"居士"，更多的时候，足不出"户"，深钻在沙子里，如同专执一念打算成仙得道之人，早已将红尘看破，排除一切凡间滋扰，"猫"在深山古洞内苦苦修行。它们又是那么的羞涩，宛如大门不出二门不迈的名门闺秀。正应了那句话，真人不露相，露相不真人。偶尔潜出"闺阁"，总是缓移"莲步"，像提防好色之徒，攀墙缘树偷窥芳容玉貌似的。觉得安全，则便与它们的"总角之好"在小小的"后花园"比肩而行。或一对对，隐于一隅，用细微微的触角互相爱抚、表达亲昵……

母亲日渐一日地对它们有了特殊的感情。那种感情，是与小生命的一种无言的心灵之倾诉和心灵之交流。而那些甘于寂寞，与世无争、与同类无争的小生命，也向母亲奉献了愉悦的观赏的乐趣。有时，我为了讨母亲的欢心，常停止写作，与母亲共同观赏……

八岁的儿子也对它们产生了浓厚的兴趣。也开始经常捧着那漂亮的小蜗牛们的"城堡"观赏。那一种观赏的眼神儿，闪烁着希望之光。都是希望之光，但与母亲观赏时的眼神儿，有着质的区别……

"奶奶，它们怎么还不长大啊？"

"快了，不是已经长大一些了吗？"

"奶奶，它们能长多大呀？"

"能长到你的拳头那么大呢！"

"奶奶，你吃过蜗牛吗？"

"吃？……"

"我们同学就吃过，说可好吃了！"

"哦……兴许吧……"

"奶奶，我也要吃蜗牛！我要吃辣味儿蜗牛！我还要喝蜗牛汤！我同学的妈妈说，可有营养了！小孩儿常喝蜗牛汤聪明……"

"这……"

"奶奶，你答应我嘛！"

"它们现在还小哇……"

"我有耐性等它们长大了再吃它们。不，我要等它们生出小蜗牛以后再吃它们。这样我不就永远可以吃下去了吗？奶奶你说是不是？……"

母亲愕然。

我阻止他："不许你存这份念头！不许你再跟奶奶说这种话！难道缺你肉吃了吗？馋鬼，你是一头食肉动物哇？"

儿子眨巴眨巴眼睛，受了天大委屈似的，一副要哭的模样，母亲便哄："好，好，等它们长大了，奶奶一定做了给你吃。"

我说："不能什么事儿都依他！由我替奶奶保护它们，看谁敢再提要吃它们！"

儿子理直气壮地说："吃猪肉、羊肉、牛肉可以，吃鸡肉可以，吃烤鸭可以，为什么吃蜗牛就不行？"

我晓之以理："我们吃的是肉……"

儿子说："我想吃的也是蜗牛肉呀，我说吃它们的壳了吗？"

我说："你得明白，人自己养的东西，是舍不得弄死了吃的。这个道理，是尊重生命的道理……"

儿子顶撞我："你骗小孩儿！你尊重生命了吗？上次别人送给你的蚕茧儿，活着的，还在动呢，你就给用油炸了！奶奶不吃，妈妈不吃，我也不吃，全被你一个人吃了！我看你吃得可香呢！……"

我无言以对。从此，儿子似乎更认为，首先在理论上，有极其充分的、天经地义的、无可辩驳的吃蜗牛的根据了……从此，母亲观看那些小生命的时候，儿子肯定也凑过去观看……先是，儿子问它们为什么还没长大，而母亲肯定地回答——它们分明已经长大了……

后来是，儿子确定地说，它们分明已经长大了。不是长大了些，而是长大了许多，而母亲总是摇头——根本就没长……

然而，不管母亲怎么想，怎么说，也不管儿子怎么想，怎么说，那些小小的生命，的的确确是天天长大着。在母亲的精心饲养下，长得很迅速。壳儿开始变黑了，变硬了。不再是些仿佛不经意地用指头轻轻一碰就易破碎的小东西了，它们的头和它们的柔软的身躯，从它们背着的"房屋"内探出时，也有形有状了，憨态可掬，很有妙趣了。它们的触角，也变粗变长了，俩俩一对儿，在盒之一隅卿卿我我，"耳鬓厮磨"之际，更显得情意缠绵，斯文百种了……

那漂亮的茶叶盒儿，对它们来说未免显得小了。

于是母亲将它们移入另一个盒子里，一个装过饼干的更漂亮的盒子。

"奶奶，它们就是长大了吧？"

"嗯，就是长大了呢……"

"奶奶，它们再长大一倍，就该吃它们了吧？"

"不行。得长到和你拳头一般儿大。你不是说要等它们生出小蜗牛之后再吃它们吗？"

"奶奶，我不想等到那时候，我只吃一次，尝尝什么味儿就行了……"

母亲默不作答。

我认为有必要和儿子进行一次更郑重更严肃些的谈话。一天，趁母亲不在家，我将儿子扯至跟前，言衷词切，对他讲奶奶抚养爸爸、叔叔和姑姑成人，一生含辛茹苦，忍辱负重，是多么的不容易。自爷爷去世后，奶奶的一半，其实也已随着爷爷而去了。爸爸的活法又是写作，有心挤出更多的时间陪奶奶，也往往心愿而做不到。爸爸的时间，常被某些不相干的人、不相干的事侵占了去，这是爸爸对奶奶十分内疚而无奈的。奶奶内心的孤独和寂寞，是爸爸虽理解也难以帮助排遣的。为此爸爸曾买过花，买过鱼。可养花养鱼，需要些专门的常识。奶奶养不好，花死了，鱼也死了。那些小小的蜗牛，奶奶倒是养得不错，而你还天天盼着吃了它们，你对吗？……

儿子低下头说："爸爸，我明白了……"

我问："你明白什么了？"

儿子说："如果我吃了蜗牛，便是吃了奶奶的那一点儿欢悦……"

我说："既然你明白了，以后再也不许对奶奶说吃不吃蜗牛的话了！"儿子一副信誓旦旦的模样，诺诺连声。果然再不盼着吃辣味儿蜗牛、喝蜗牛汤了。甚至，再不关注那更漂亮的蜗牛们的新居了……

　　一天，我下班回到了家里，母亲已做好晚饭，一一摆上桌子。母亲最后端的是一盆儿汤，对儿子说："你不是要喝蜗牛汤吗？我给你做了，可够喝吧！"

　　我愕然。儿子也愕然。我狠狠瞪儿子。儿子辩白："不是我让奶奶做的！……"母亲也说："是我自己想做给我孙子喝的……"母亲说着，朝我使眼色……我困惑。首先拿起小勺，舀了一勺，慢呷一口，鲜极了！但我品出，那绝不是什么蜗牛汤，而是蛤蜊汤。我对儿子说："奶奶是为你做的，你就喝喝吧！"儿子迟疑地拿起小勺，喝了起来。我问："好喝吗？"儿子说："好喝。"又问："奶奶对你好不好？"儿子说："好……奶奶，等我长大了，能挣钱了，挣的钱都给你花！……"八岁的儿子动了小孩儿的感情，眼泪吧嗒吧嗒落入汤里，母亲欣慰地笑了……其实母亲将那些长大了的，她认为完全能够独立生活了的蜗牛放了。放于楼下花园里的一棵老树下。那儿土质松软，潮湿，很适于它们生存。而且，老树还有一深深的树洞。大概是可供它们避寒的……母亲依然每日将蜗牛们爱吃的菜蔬之最鲜嫩的部分，细细剁碎，撒于那棵树下……

　　一天，母亲喜笑颜开地对我说："我又看到它们了！"我问："谁们呀？"母亲说："那些蜗牛呗。都好像认识我似的，往我手上爬……"我望着母亲，见母亲满面异彩。那一时刻，我觉得老人们心灵深处情感交流的渴望，真真的令我肃然，令我震颤，令我沉思……

　　而长大成人的儿子们和女儿们，做了父母的儿子们和女儿们，四十多岁五十多岁的儿子们和女儿们，我们还能够细致地经常洞察到这一点吗?

冬天来了。

树叶落光了。

大地冻硬了。

母亲孑然一身地走了。我给母亲的信中写道:"妈,来年春天,我会像您一样,天天剁了细碎的蔬菜,去撒在那一棵老树下⋯⋯"那些甘于寂寞的,惯于离群索居的,羞涩的,斯文的,与世无争,与同类无争的蜗牛们啊,谁知它们是否会挨过寒冷的冬天呢?谁知它们明年春天是否会出现在那一棵老树之下呢?它们真的会认识饲养过它们的我的老母亲吗?居然也会认识那样一位老母亲的儿子吗?⋯⋯

愿上帝保佑它们!

关 于 慈 母 情 深

对于父母，每一个大人的心里都会保留有这样或者那样的记忆。

以上一句话中有一个问题——按说，记忆是脑的功能，为什么大人常用"记在心里"或"铭记在心里"来表述对人和事的难忘呢？

这是因为，有些事是知识性的，而有些事是情感性的。有些人和我们的关系是社会性的关系、一般性的关系，而有些人和我们的关系却是极为亲密的，它超出了一般性的社会关系。

古代的人认为，心是主导情感的。

所以，如果某些人或某些事给我们留下的是很深的情感印象，我们就习惯地说是"记在心里"或"铭记在心里"。"铭记"的意思，那就是形容像刀刻下的痕迹一样。

人和父母的情感，是世界上最真实的情感。尤其从父母对于小儿女这一方面来讲，又是最无私的情感。不爱自己小儿女的父母确乎是有的，但那是世界上很个别的不良现象。

当我们是孩子的时候，我们受到父母的种种关怀和爱护；如果我们的愿望是对于我们的成长有益的，哪怕仅仅是会带给我们快乐的，父母都会尽量地满足我们的愿望。即使因为家庭生活水平的限制，实现我们的愿望对父母来说不是一件轻易而举的事，父母也往往会无怨无悔地尽力去做。但由于我们还是孩子，在我们的愿望实现了以后，我们往往只体会到那快乐，却很少想到父母为了满足我们的愿望，自己曾克服了多少困难。

父母总是这样——将为难留给自己，将快乐给予自己的孩子们。

可以这么说，一个人从儿童时期到少年时期到青年时期，他或她的大多数愿望，全都是父母帮着实现的。比如，在《慈母情深》这篇课文中，《青年近卫军》这一部长篇小说的价格，等于母亲两天的工资。而且，当年的母亲，又是在那么糟糕的条件下辛劳工作着的。一个孩子开始体恤父母了，那就意味着他或她开始长大成人了。

《慈母情深》这一篇课文，大约节选于我的小说《母亲》。

作为作家，我为自己的父亲写出一篇小说《父亲》，它获得一九八四年的全国优秀短篇小说奖；其后我又为自己的母亲写出了一篇小说《母亲》，它获得一九八六年的《中篇小说选刊》的优秀中篇奖。

情况可能是这样，某少年报刊向我约稿，希望我为小学生们写一篇童年往事之类的短文，于是我就从《母亲》中截取了一小段寄给对方了。而题目，则肯定是编者们加的。

为什么约我写一篇"童年往事"，我却寄了一篇关于母亲的回忆性文字呢？我童年时期有趣的事情太少了吗？比起现在的孩子，肯定是少的。但那时也还是有一些的。比如，走很远的路去郊区的野地里，一心为弟弟妹妹逮到最大的蜻蜓和最美的蝴蝶……但比起别的事情来，这一篇课文中所记述的事情在我内心里留下的记忆最深。我就是从那一天开始体恤自己的母亲的。我也认为，我就是从那一天开始长大的。我的小学时代，中国处于连续的自然灾害年头。无论农村还是城市，大多数人家的生活都很困难。我自己的母亲是怎样的含辛茹苦，我的同学们的母亲们，甚至我这一代人的母亲们，几乎也全都是那样的。我想要用文字，为自己的，也是我这一代大多数人的母亲画一幅像。我想，我们常说的一个人的"爱心"，它一定是从对自己父母的体恤开始形成的。世界上有爱心的人多了，世界就更加美好了。一切自然界为人类造成的苦难，人类也就都能通过彼此关怀的爱心来减轻它了……

父 母 是 最 朴 素 的 人 文

一年一度，又逢母亲节、父亲节。

我的意识中，母亲像一棵树，父亲像一座山。他们教育我很多朴素的为人处世道理，令我终身受益。我觉得，对于每一个人，父母早期的家教都具有初级的朴素的人文元素。我作品中的平民化倾向，同父母从小对我的教育和影响密不可分。

我出生在哈尔滨市一个建筑工人家庭，兄妹五人，为了抚养我们五个孩子，父亲在我很小的时候就到外地工作，每月把钱寄回家。他是国家第一代建筑工人。母亲在家里要照顾我们五个孩子的生活，非常辛劳。母亲给我的印象像一棵树，我当时上学时看到的那种树——秋天不落叶，要等到来年春天，新叶长出来后枯叶才落去。

当时父亲的工资很低，每次寄回来的钱都无法维持家中的生活开支，看着我们五个正处在成长时期的孩子，食不饱腹，鞋难护足，母亲就向邻居借钱。她有一种特别的本领，那就是能隔几条街借到熟人的钱。我想，这是她好人缘所起的作用。尽管这样，我们因为贫困还是生活得很艰难，五个孩子还是经常挨饿。

一次，我小学放学回家走在路上，肚子饿得咕咕叫，正无精打采往家赶时，看到一个老大爷赶着马车从我面前走过。一股香喷喷的豆饼味迎面扑来，我立即向老大爷的马车看过去，发现马车上有一块豆饼。我本来就饿，再加上豆饼香味的刺激，当时只有一个念头，拿着豆饼填饱肚子。我趁着老大爷不注意，抱起他身旁唯一的一块豆饼，拔腿就跑。

老大爷拿着马鞭一直在后面追我，我跑进家里，他不知道我一下子跑入了哪间房子。我心惊胆战地躲在家里，可没想到他还是找到了我家。

"你看到一个偷我豆饼的小孩儿吗？"老大爷问我母亲。

母亲对发生的事全然不知。老大爷就把事情的经过给母亲详细说了一遍，然后蹲在地上沮丧地说："我是农村的庄稼人，专门替别人给城里的人家送菜，每次送完菜，没有工钱，就得到四分之一块豆饼，可没想到半路上豆饼被一个学生娃给抢了，可怜我家里还有妻子和孩子，就靠这点豆饼充饥……"

母亲听完后，立即命令我把豆饼还给了老大爷。他走了十几米远后，母亲突然喊住了他。母亲将家中仅剩的几个土豆和窝头送给了他，老大爷看到玉米面做的窝头时，就像一个从未见过粮食的人一样，眼睛放亮，一边不停地说着感谢的话一边流着眼泪。

母亲回到家时，我以为她会打骂我，可她没有，她要等所有的孩子都回来。晚饭后，她要我将自己的行为说了一遍，然后她才严厉地教训我："如果你不能从小就明白一个人绝不可以做哪些事，我又怎么能指望你以后是一个社会上的好人？如果你以后在社会上都不能是一个好人，当母亲的又能从你那里获得什么安慰？"这些道理不在书本里，不在课堂上，却使我一生受益。

当时我家虽然非常穷，但母亲还是非常支持我读书，穷日子里的读书时光对我来说是最快乐的。当时家中买菜等事都由我去做，只要剩两三分钱，母亲就让我自己留着。现在两三分钱掉到地上是没人捡的，那时五分钱可以去商店买一大碟咸菜丝，一家人可以吃上两顿，两分钱可以买一斤青菜，有时五分钱母亲也让我自己拿着。我拿着这些钱去看小人书。《红旗谱》在同学那里借来读过后，才知道还有下集，上下两部加起来一块八毛多一点，我还清楚地记得书的封面是浅绿色的，画有红缨枪，颜色很鲜红，我很喜欢，非常想看这本书的下集。当时正读中学，我下了很大的决心才鼓起勇气去找母亲要钱。

那天下午两点多，我来到母亲做工的小厂。进去一看，原来母亲是在一个由仓库改成的厂房里做工。厂房不通风，也不见阳光，冬天冷夏天热，每个缝纫机的上方都吊着一个很低的灯泡。因为只有灯泡瓦数很高，才能看得见做活。厂房很热，每个人都戴着厚厚的口罩，整个车间像一个纱厂一样，空中飞舞着红色的棉絮，所有母亲戴的口罩上都沾满了红色的棉絮，头发上、脸上、眼睫毛上也都是，很难辨认哪位是我母亲。

我一直不知道母亲是在这样的环境下工作，后来还是母亲的同事帮我找到了她。见到母亲，本来找她要钱的我，一时竟说不出话来。

母亲说："什么事说吧，我还要干活。"

"我要钱。"

"你要钱做什么呀？"

"我要买书。"

"梁嫂，你不能这样惯孩子，能给他读书就不错了，还买什么书呀。"母亲的工友纷纷劝道。

"他呀，也只有这样一个爱好，读书反正不是什么坏事。"母亲说完把钱掏给了我。

拿着母亲给的钱，我的心情很沉重，本来还沉浸在马上拥有新书的喜悦中，现在一点儿买书的念头都没有了。当时我心里很内疚，因为母亲在那里工作了两年多，我一直不知道她在那里。我一次都没有看望过她，我也没有钱孝敬她，我怀着这样的心情去用母亲给的钱给她买了罐头。

母亲看到我买的罐头反而生气了，然后又给了我钱去买书。那时我就拥有了完整的《红旗谱》和《播火记》，我非常喜欢这两本书。这件事给我的印象很深，以至后来参加工作后我的第一件事就是花了二三十元钱，给母亲买回所有款式的罐头和点心。母亲看着我买的礼物，泪流满面。她把这些罐头擦得很亮，整整齐齐地摆在桌子上。

母亲最令我感动的事是发生在三年困难期间的那件事。当时因为我们家里小孩儿多，所以政府给了我们家一点粮食补贴，补了五至十斤粮食吧。月底的最后一天，家里一点粮食都没有了，揭不开锅，母亲就拿着饭盆将几个空面粉袋子一边抖一边刮，终于刮出了一些残余的面粉。母亲把它做成了一点疙瘩汤，然后在小院子里摆上凳子。

正在我们吃饭的时候，来了一个讨饭的。那是一个留着长胡子的老人，衣服穿得很破，脸看上去也有几天没洗。他看着我们几个孩子喝疙瘩汤的时候，显得非常馋。母亲给他端来洗脸水后，又给他搬凳子，把她自己的那份疙瘩汤盛给了他而自己却饿着肚子。

然而这件事被邻居看到后，不知是谁开居委会时把这个事讲出来了，说我们家粮食多得吃不完，还在家中招待要饭的人。从这以后，我们家就再也没有粮食补贴了。可我母亲对这件事并没有后悔，她对我们说你们长大后也要这样。我觉得有时母亲做的某些小事都具有对儿童和少年早期人文教育的色彩。我现在教育我的学生时也经常这样讲，少写一点初恋、郁闷，少写一点流行与时尚，多想一下自己的父母，如果连自己的父母都不了解，谈何了解天下。

我们这一代人的父母，几乎没有过过一天幸福的晚年。老舍在写他的母亲时说，我母亲没有穿过一件好衣服，没有吃过一顿好饭，我拿什么来写母亲。我能感受到作者当时的心情。萧乾在写他母亲时说，他当时终于参加工作并把第一个月的工资拿来给母亲买罐头，当他把罐头喂给病床上的母亲时，她已经停止了呼吸。季羡林在回忆他母亲时写道，我后悔到北京到清华学习，如果不是这样，我母亲也不会那么辛苦培养我读书。我母亲生病时，都没有告诉我，等我回到家时，母亲已经去世，我当时恨不得一头撞在母亲的棺木上，随她一起去……这样的父母很多，如果我们的父母也长寿，到街心公园打打太极拳，提着鸟笼子散散步，过生日时给他们送上一个大蛋糕，春节一家人到酒店吃一顿饭，甚至去旅游，我们心中也会释然。如果我们少一点粗声粗气地对母亲说话，惹她生气；如果我们能多抽出一点时间来陪陪母亲，那就好了。我想全世界的儿女都是孝的，只要我们仔细看一下"老"字和"孝"字，上面都是一样的，"老"字非常像一个老人半跪着，人到老年要生病，记性不好，像小孩儿，不再是那个威严的教育你的父母，他变成弱势了，在别人面前还有尊严，在你面前却要依靠……

最后我想说，爱是双向的。只有父母对孩子的爱，没有孩子对父母的爱，这种爱是不完整的。父母养育孩子，子女尊敬父母，爱是人间共同的情怀和关爱。

给 哥 哥 的 信

亲爱的哥哥：

　　提笔给你写此信，真是百感交集。亦羞愧难当，无地自容！

　　屈指算来，弟弟妹妹们各自成家，哥哥入院，十五六年矣！这十五六年间，我竟一次也没探望过哥哥，甚至也没给哥哥写过一封信，我可算是个什么样的弟弟啊！

　　回想从前的日子，哥哥没生病时，曾给予过我多少手足关怀和爱护啊！记得有次我感冒发烧，数日不退，哥哥请了假不上学，终日与母亲长守床边，服侍我吃药，用凉毛巾为我退烧。而那正是哥哥小学升中学的考试前夕呀！那一种手足亲情，绵绵温馨，历历在目。

　　我别的什么都不想吃，只要吃"带馅儿的点心"，哥哥就接了母亲给的两角多钱，二话不说，冒雨跑出家门。那一天的雨多大呀！家中连件雨衣连把雨伞都没有，天又快黑了，哥哥出家门时只头戴了一顶破草帽。哥哥跑遍了家附近的小店，都没有"带馅儿的点心"卖。哥哥为了我这个弟弟能在病中吃上"带馅儿的点心"，却不死心，冒大雨跑往市里去了。手中只攥着两角多钱，自然舍不得花掉一角多钱来回乘车。那样，剩下的钱恐怕连买一块"带馅儿的点心"也不够了。一个多小时后哥哥才回到家里，像落汤鸡，衣服裤子湿得能拧出半盆水！草帽被风刮去了，路上摔了几跤，膝盖也破了，淌着血。可哥哥终于为我买回了两块"带馅儿的点心"。点心因哥哥摔跤掉在雨水里，泡湿了。放在小盘里端在我面前时，已快拿不起来了。哥哥见点心成了那样子，一下就哭了……哥哥反觉太对不起我这个偏想吃"带馅儿的点心"的弟弟！唉，唉，我这个不懂事的弟弟呀，明知天在下雨，明知天快黑了，干吗非想吃"带馅儿的点心"呢？不是借着点儿病由闹娇情吗？

还记得我上小学六年级，哥哥刚上高中时，我将家中的一把玻璃刀借给同学家用，被弄丢了。当时父亲已来过家信，说是就要回哈市探亲了。父亲是工人。他爱工具。玻璃刀尤其是他认为宝贵的工具。的确啊，在当年，不是哪一个工人想有一把玻璃刀就可以有的。我怕受父亲的责骂，那些日子忐忑不安。而哥哥安慰我，一再说会替我担过。果然，父亲回到家里以后，有天要为家里的破窗换块玻璃，发现玻璃刀不见了，严厉询问，我吓得不敢吱声儿。哥哥鼓起勇气说，是被他借给人了。父亲要哥哥第二天讨回来，哥哥第二天当然是无法将一把玻璃刀交给父亲的。推说忘了。第三天，哥哥不得不"承认"是被自己弄丢了——结果哥哥挨了父亲一耳光。那一耳光是哥哥替我挨的呀……

哥哥的病，完完全全是被一个"穷"字愁苦出来的。哥哥考大学没错。上大学也没错。因为那也是除了父亲而外，母亲及弟弟妹妹们非常支持的呀！父亲自然也有父亲的难处。他当年已五十多岁了，自觉力气大不如前了。对于一名靠力气挣钱的建筑工人，每望着眼面前一个个未成年的儿女，他深受着父亲抚养责任的压力哪！哥哥上大学并非出于一己抱负的自私，父亲反对哥哥上大学，主张哥哥早日工作，也是迫于家境的无奈啊！一句话，一个穷字，当年毁了一考入大学就被选为全校学生会主席的哥哥……

我下乡以后，我们还经常通信是不哥哥？别人每将哥哥的信转给我，都会不禁地问："谁给你写的信，字迹真好，是位练过书法的人吧？"

我将自己写的几首小诗寄给哥哥看，哥哥立刻明白——弟弟心里产生爱了！我也就很快地收到了哥哥的回信——一首词体的回信。太久了，我只能记住其中两句了——"遥遥相望锁唇舌，却将心相印，此情最可珍。"

即使在我下乡那些年，哥哥对我的关怀也依然是那么的温馨，信中每嘱我万勿酣睡于荒野之地，怕我被毒虫和毒蛇咬；嘱我万勿乱吃野果野蘑，怕我中毒；嘱我万勿擅动农机具，怕我出事故；嘱我万勿到河中戏水，怕下乡前还不会游泳的我被溺……

哥哥，自我大学毕业分配在北京以后，和哥哥的通信就中断了。其间回过哈市五六次，每次都来去匆匆，竟每次都没去医院探望过哥哥！这是我最自责，最内疚，最难以原谅自己的！

哥哥，亲爱的哥哥，但是我请求你的原谅和宽恕。家中的居住情况，因弟弟妹妹们各自结婚，二十八平方米的破陋住房，前盖后接，不得不被分隔为四个"单元"。几乎每一尺空间都堆满了东西——这我看在眼里，怎么能不忧愁在心中呢？怎么能让父亲母亲在那样不堪的居住条件之下度过晚年呢？怎么能让弟弟妹妹们在那样不堪的居住条件之下生儿育女呢？连过年过节也不能接哥哥回家团圆，其实，乃因家中已没了哥哥的床位呀！是将哥哥在精神病院那一张床位，当成了哥哥在什么旅馆的永久"包床"啊！细想想，于父母亲和弟弟妹妹，是多么的万般无奈！于哥哥，又是多么的残酷！哥哥的病本没那么严重啊！如果家境不劣，哥哥的病早就好了！哥哥在病中，不是还曾在几所中学代过课吗？从数理化到文史地，不是都讲得很不错吗……

我十余年中，每次回哈，都是身负着特殊使命一样，为家中解决住房问题，为弟弟妹妹解决工作问题呀！是心中想念，却顾不上去医院探望哥哥啊！当年我其实也是心有余而力不足，豁出自尊四处求助，往往的事倍功半罢了……

如今，我可以欣慰地告诉哥哥了——我多年的稿费加上幸逢拆迁，弟弟妹妹的住房都已解决；弟弟妹妹们的工作都较安稳，虽收入低，但过百姓日子总还是过得下去的；弟弟妹妹们的三个女儿，也都上了高中或中专……

如今，我可以欣慰地告诉哥哥了——父母二老还都健在，早已接来北京与我住在一起……

望哥哥接此信后，一切都不必挂念。

春节快到了——春节前，我将雷打不动地回哈市，将哥哥从医院接出，与哥哥共度春节……

今年五月，我将再次回哈市，再次将哥哥从医院接出，陪哥哥旅游半个月……

如哥哥同意，我愿那之后，与哥哥同回北京——哥哥的晚年，可与我生活在一起……

如哥哥心恋哈市亲情旧友多，那么，我将为哥哥在哈市郊区买一套房，装修妥善，布置周全——那里将是哥哥的家。

总之，我不要亲爱的哥哥再住在精神病院里！

总之，我要竭尽全力为哥哥组建一个家庭，为哥哥积攒一笔钱，以保证哥哥晚年能过无忧无虑的正常的家庭生活！

　　哥哥本来早就是可以像正常人一样过家庭生活的啊！这一点是连医生们心中都清楚的啊！只不过从前弟弟顾不上哥哥，只不过从前弟弟没有那份儿经济能力……

　　哥哥，亲爱的哥哥——你实实在在是受了天大委屈！哥哥，亲爱的哥哥——耐心等我，我们不久就要在一起过春节了！哥哥，亲爱的哥哥——紧紧地拥抱你！

　　　　　　　　你亲爱的弟弟绍生 1999 年 1 月 20 日于北京

　　（注：十年前失去了老父亲，去年又失去了老母亲，我乃天下一孤儿了！没有老父亲老母亲的感觉，一点儿也不好。特别的不好！我宁愿要那种"上有老，下有小"的沉重，而不愿以永失父子母子的天伦亲情，去换一份卸却沉重的轻松。于我，其实从未觉得真的是什么沉重，而觉得是人生的一种福分，现在，没法再享那一种福分了！我真羡慕父母健康长寿的儿女！现在，对哥哥的义务和责任，乃我最大的义务和责任之一了。对哥哥的亲情，因十五六年间的顾不上的落失，现在对我尤其显得宝贵了。我要赶快为哥哥做。倘在将做未做之际而痛失哥哥，我想，我心的亲情伤口怕就难以愈合了。故有此信。）

给 妹 妹 的 信

妹妹：

　　见字如面。知大伟学习成绩一向优异，我很高兴。在孙女外孙女中，母亲最喜欢大伟。每每说起大伟如何如何疼姥姥，善解人意。我也认为她是个非常懂事的孩子。她学习努力，并且爱学习，不以为苦，善于从学习中体会到兴趣，这一点实在是难能可贵的。因而要由做父母的克服一切生活困难，成全孩子的学志。否则，便是家长的失责。前几次电话中，我也忘了问你自己的身体情况了。两年前动那次手术，愈后如何？该经常到医院去进行复查才是。

　　我知道，你一向希望我调动调动在哈市的战友关系、同学关系，替你们几个弟弟妹妹，转一个经济效益较好的单位，谋一份较稳定的工薪，以免你们的后顾之忧，也免我自己的后顾之忧。不错，我当年的某些知青战友、中学同学，如今已很有几位当了处长、局长，甚而职位更高的官员，掌握了更大的权力。但我不经常回哈市，与他们的关系都有点儿疏淡了。倘为了一种目的，一次次地回哈重新联络感情，铺垫友谊，实在是太违我的性情。他们当然对我都是很好的。我一向将我和他们之间的感情、友情，视为"不动产"，唯恐一运用，就贬值了。所以，你们几个弟弟妹妹的某些困难，还是由我个人来和你们分担吧！何况，如今之事，县官不如现管。便是我吞吞吐吐地开口了，他们也往往会为难。有一点是必须明白的——我这样的一个写小说的人，与某些政府官员之间，倘论友谊，那友谊也更是从前的某种特殊感情的延续。能延续到如今，已太具有例外性。这一种友谊在现实之中的基础，其实是较为薄脆的，因而尤需珍视。好比捏的江米人儿，存在着便是美好的。但若以为在腹空时可以充饥，则大错特错了。既不能抵一块巧克力什么的，也同时毁了那美好。更何况，如说友谊也应具有相互帮助的意义，那么也只有我求人家帮我之时，而几乎没有我能助人家之日。我一个写小说的，能指望自己在哪一方面帮助别人呢？帮助既已注定了不能互相，我也就很有自知之明，封唇锁舌，不吐求字了。

　　除了以上原因，大约还有天性上的原因吧？那一种觉得"上山擒虎易，开口告人难"的天性，我想一定是咱们的父亲传给我的。我从北影调至童影，搬家我也没求过任何一个人。是靠了自行车、平板车，老鼠搬家似的搬了一个多星期。有天我一个人往三楼用背驮一只沙发，被清洁工赵大爷撞见了，甚为愕异。后来别人告诉我，他以为我人际关系太恶，连个肯帮我搬家的人都找不到。当然，像我这么个性极端了，也不好。我讲起这件事，是想指出——哈尔滨人有一种太不可取的"长"处，那就是几乎将开口求人根本不当成一回事儿。本能自己想办法解决之事，也不论值不值得求人，哪怕刚刚认识，第二天就好意思相求，使对方犯难自己也不在乎，遭到当面回绝还不在乎。总之仿佛是习惯，是传统。好比一边走路一边踢石头，碰巧踢着的不是石头，是一把打开什么锁的钥匙，则兴高采烈。一路踢不着一把钥匙，却也不懊恼，继续地一路走一路踢将下去，石头碰疼了脚，皱皱眉而已。今天你求我，明天我求你，非但不能活得轻松，我以为反而会活得很累。

我主张首先设想我们在生活中所遇到的困难，是没有任何人可求，任何人也帮不上忙的，主张首先自己将自己置在孤立无援的境地。而这么一来，结果却很可能是——我们发现，某些困难，并非我们估计的那么不可克服。某些办成什么事的目的，即使没有达到，也并非我们估计的那么损失严重。我们会发现，有些目的，放弃了也就放弃了。企望怎样而最终没有怎样，人不是照活吗？我常想，我们的父亲，一个闯关东闯到东北的父亲，一个身无分文只有力气可出卖的山东汉子，当年遇到了困难又去求谁啊！我以为，有些时候，有些情况下，对于小百姓而言，求人简直意味着是高息贷款。我此话非是指求人要给人好处，而是指付出的利息往往是人的志气。没了这志气，人活着的状态，往往便自行地瘫软了。

妹妹，为了过好一种小百姓的生活而永远地打起精神来！小百姓的生活是近在眼前伸手就够得到的生活。正是这一种生活才是属于我们的。牢牢抓住这一种生活，便不必再去幻想别的某种生活。最近我常想，这地球上的绝大多数人，其实都在各个不同的国家，各种不同的生活水平线上，过着小百姓的生活。生活中最不可或缺的，我以为乃是温馨二字。没了温馨的生活，那还叫是生活吗？温馨是某种舒适，但又不仅仅是舒适。许多种生活很舒适，但是并不温馨。温馨是一种远离大与奢的生活情境。一幢豪宅往往只能与富贵有关。富贵不是温馨。温馨是那豪宅中的小卧室，或者小客厅。温馨往往是属于一种小的生活情境。富人们其实并不能享受到多少温馨。他们因其富，注定要追求大追求奢追求华靡。而温馨甚至是可以在穷人的小破房里呈现着的生活情境。温馨乃是小百姓的体会和享受。我说这些，意思是想强调——房子小一点儿没关系，只要小百姓主人勤快，收拾得干干净净就好。工资收入低一点儿没关系，只要小百姓自己善于节俭持家就好。只要小百姓善于为了贴补生活再靠诚实的劳动挣点儿钱就好，哪怕是双休日在家里揽点儿计件的活儿。在小的住房里，靠低的工资，勤勤快快、节节俭俭、和和睦睦地生活，即为小百姓差不多都能把握得住的温馨日子，小百姓的幸福生活。这样的生活，绝对是我们想过上便能过上的。还记得我们小时候，我们将一个破家粉刷得多亮堂，收拾得多干净啊！每查卫生，几乎总得红旗。我们小时候，家里的日子又是多么的困难呀！但不也有许多温馨的时候吗？

在物质生活方面，我是一个绝对的胸无大志之人，但愿你们也是。不要说小百姓只配过小日子的沮丧话，而要换一种思想方法，多体会小百姓的小日子的某些温馨。并且要像编织鸟一样，织一个小小的温馨的家，将小百姓的每一个日子，从容不迫地细细地品过。你千万不要笑我阿Q精神大发扬。这不是在用阿Q精神麻痹你，而是在教你这样一个道理——任何情况之下，只要不是苦役式的命运，完全没有自由的生活，那么人至少可取两种不同的生活态度，至少可实际地选择两种不同的生活——积极的态度和消极的态度，较乐观的生活和非常沮丧的生活。而这也就意味着获得同一情况之下两种不同的生活质量……

哈市国有的企业现状是严峻的，令人担忧的。东三省大多数国有企业的现状都是严峻的。这是一个艰难时代。对普遍的国有企业的工人尤其艰难。据我看来，绝非短时期内能全面改观的。国家有国家的难处，这难处不是一位英明人物的英明头脑，或一项英明决策所能一朝解决的。这个体制的负载早已太沉重了。从前中国工人的活法是七分靠国家，三分靠自己，现在看必得反过来了，必得七分靠自己，三分靠国家了。那三分，便是国家对国有企业的工人阶级的责任。它大约也只能负起这么多责任了。这责任具有历史性。

既然必得七分靠自己了，你打算怎样，该认真想想。你来信说打算提前退休或干脆辞职。我支持，这就等于与自己所依赖惯了的体制彻底解除"婚约"了。这需要很大的勇气，因为你毕竟有别于年轻人。而且得清楚，那体制不会像一个富有的丈夫似的，补偿你什么。届时你的心态应该平衡，不能被某种"吃了大亏"的想法长久纠缠住。而最主要的，是你做出决定前必得有自知之明，反复问自己什么是想干的？什么是能干的？在想干的和能干的之间，一定要确定客观实际的选择。

总之，你一旦决定了，你的困难，二哥会尽全力周济帮助的。过些日子，我会嘱出版社寄一笔稿费去的。抽时间去医院看望大哥。今天，我集中精力写信。除了给你们三个弟弟妹妹写信，还要抓紧时间再写几封。告诉大伟，说二舅问她好。也替我问春雨好。嘱他干活注意安全。余言后叙。

兄晓声 1996 年 5 月 3 日于京

当 爸 的 感 觉

　　尽管我的儿子早已不是儿童，而是初二的学生了。尽管我已经纯粹为了自己得以从稿债中解脱，根本不睬他的抗议，拿他做过两次文章了。我常想我若有五个六个儿子就好了，便可轮番地写来。甚至可以在几个儿子之间采取小小的"重点政策"，使儿子们相互嫉妒，认为当老子的写了谁，乃是谁的殊荣。那我不是就变被动为主动了吗？无奈我只有这么一个儿子。无奈他对我的容忍度，已然放宽到连自己都十分难为情的地步了……

　　儿子刚刚背着行李，参加军训去了，临走前见我铺开稿纸，煞有介事地思考，犹犹豫豫地写下题目，凑过来瞟了一眼，嘲讽地说："爸，你真天才。从我这么一个平庸的儿子身上，你竟能发现那么多可写的素材！"

　　我说："儿子，向你保证，这是最后一次！"

　　儿子说："别保证。用不着保证。你发誓我都不会相信！说相声的常拿自己的'二大爷'逗哏儿，你跟相声演员们犯的是同一种职业病。我充分理解！"

　　我说："好儿子，谢谢。"

　　他说："不用谢。因为我也开始写你了，而且已经公开发表了一篇。"

我一惊，忙问："发在哪儿了？"

儿子说发在班级的墙报上了。

我这才稍稍心定，又严肃地问："都写了我些什么？为什么不先让我过过目？"

儿子说："你写我，也没先征得我的同意啊！咱俩彼此彼此。"

我一时很窘，无话可说……

半夜解题

儿子中考前的一天，刚吃过晚饭就写作业。写到十点半，还有一道几何题没解出来。我几次主动"请缨"，说儿子你要不要我和你一块儿攻下这道难题啊？几次都遭到儿子颇不耐烦的拒绝。最后我不顾他的拒绝，粗暴参与。结果正如他所料，既干扰了他的思路，也浪费了他的时间，以己昏昏，使儿子昏昏。那时快十二点了。妻说你还让不让儿子睡觉了？他明天还得上一天课呀！不像你，可以在家里睡懒觉！于是我强行收起他的作业卷，以不容争辩的命令的口吻，催促他洗漱了躺到床上去。儿子也真是困到了极点，头一挨枕便酣然入眠。而我却不再睡得着。用冷水冲了头，强打精神，继续替儿子钻研那道几何难题。半个小时后，我对陪在一旁织毛衣的妻说——老爸出马，一个顶俩，我解出来了！

博得了妻对我羡佩的一笑。

第二天儿子刚起床，我便从自己枕下摸出作业卷，大言不惭地对儿子说："这么简单的题你都不开窍？这有何难的？站到床边儿来，听老爸给你讲讲——这两个直角三角形，有两个角相等，还都有一个角是直角。三角相等，故两个三角形全等。而三角形 A 又等于三角形 B，而三角形 B 又等于……"

儿子脸上便呈现出冷笑。

我生气了，说："儿子你冷笑什么？你的态度怎么这样不谦虚？"

儿子说："两个锐角相等的直角三角形就全等啊！直角三角形哪儿有这么一条定理？"——于是画图使我明白，它们也有可能仅仅是相似……

我愣了半天，讷讷地说："难道……是我想象出了这么一条定理？"

儿子说："反正书上没有，老师也没教过这么一条全等直角三角形的定理。"

我羞惭难当，无地自容，躺在床上挥挥手，大赦了儿子……

我明白——我再也辅导不了儿子数理化了。从那一天起，直至永远。当年我初三下乡，当年的初三数理化教材，比如今的初二教材只低不高。我太不自量太无自知之明了……

自己承认了这一点，使我内心里涌起一种难言的悲哀。以后，不管他写作业到多么晚，不管他看上去多么需要一个头脑聪明的人的指点和帮助，我是再也不往他跟前凑了……

给儿子写信

按照学校的要求，我得给儿子写一封信，而且此事不让学生知道，更不能让学生看到信。在某次活动中，信将由老师分发给每一名学生，希望以这种方式，在他们普遍十四周岁以后，带给他们每个人一份儿意外的欣喜。

于是我生平第一次给我的儿子写信。

我竟不知在这一封信里该写些什么。我不愿在信中流露出我对他的体恤。因为几乎每一个城市里的初二的儿女都如他一样的似箭在弦，他不应格外地得到体恤。我也不愿用信的方式鞭策他。因为他自己早已深知每次在分数竞争中失利，对自己都意味着一种严峻。我不愿在信中写入对他所寄的希望。我不望子成龙。事实上只祈祝他能有幸受到高等教育，而仅仅这一点已使他过早地成熟了。他的日渐成熟正是我倍感欣慰的，同时又是倍感悲哀的。刚刚十四岁就开始思考人生和忧患自己未来的命运，这太令我这个当父亲的替他感到沮丧了。我自己的少年时代就是从忧患之中度过来的。我真不愿他和当年的我一样。当年的我是因为家境的贫寒，如今的他是因为变成了中国的高考制度的奴仆。我极端憎恶这一种现代八股式的高考制度，但我又十分冷静地明白——此一点最是我丝毫也不能流露在字里行间的……

"爸爸，你怎么想了这么久还不写？"

儿子忽然在我背后发问。显然，他站在我背后多时了。我赶紧用一只手捂住稿纸上端——捂住"给儿子的信"一行字。

良久，我听到坐在沙发上的他说："爸，对不起，给你添麻烦了……"

顿时的，我眼眶有些潮了……

儿子"采访"我

儿子上个星期的一项作业是——采访父母。妻上个星期几乎每天加班，不加班便上夜校，只得由我来接受"采访"，否则儿子就完不成作业。于是我和儿子之间，有了如下一次较为特别的谈话：

"你是哪一年下乡的？"

"这还用问？"

"不问我怎么清楚？"

"一九六八年。"

"哪一年上大学的？"

"一九七四年。"

"哪一年毕业的？"

"一九七七年。"

"你经历过坎坷吗？"

"经历过。"

"说说。"

"这还用说？"

"你不说我怎么会知道。"

……

我凝视着儿子，觉得他是那样的陌生。或者反过来说，他怎么对我一无所知似的？他要了解他问的那一切，是多么的简单！书架上陈列的，几乎每一部书脊上印着我名字的书，都有我的简历。从我的许多篇小说中，都能看到他的老爸的身世。而他从来没有触摸过我的任何一部书一下。那些书对他仿佛根本就不存在。他从来也不曾扫视过那一格书架一眼。他甚至远不及别人家的，比如朋友或邻人的初二的儿女们对我的大致经历有所了解。

有一次我无意中偷听到他和他的几名男同学背地里如此谈论我的书：

"你爸爸可真写了不少书。"

"你别翻他的书！"

"你自己喜欢看吗？"

"我为什么要喜欢看他写的书？"

"借我一本看行吗？"

"不行！"

听来他似乎生起气来了。

"你干吗这样牛气呀？他这些书迟早会过时的！"

"他这些书已经过时了！以后我也不看他的书。世界上那么多经典还看不过来呢！"

没想到，我以近二十年的精力和心血所获得的创作成果，在他眼里似乎皆是些没有什么意义的，仿佛一文不值的东西。

"你对你至今的人生满意吗？"——儿子继续"采访"我。

我回答："谈不上满意不满意。我的人生已经这样了。我习惯了。"

"假如有一件最使你高兴的事，目前而言那可能是一件什么事？"

我几乎是恶狠狠地回答："你的学习成绩又前进了五名！"

儿子目不转睛地看了我一阵，淡淡地说："我的采访结束了，就到这儿吧！"

我意识到，我深深刺伤了儿子的自尊心。正如儿子也深深刺伤过我的自尊心一样。于是我联想到了王朔的小说《我是你爸爸》。进而又想，有一个多少具有点儿精神叛逆色彩的儿子，也好。这样的一个儿子，时刻提醒我明白，我只不过是一个初二男生的父亲。除此之外，也许再什么都不是，更没有任何可得意的资本。儿子在家里教我夹起尾巴做人。

读者，如果你的儿子已经初二了，如果你是一位父亲，我想你一定会同意我的看法——和你初二的儿子交朋友并非一件容易的事。有时他似乎将你当作朋友了，其实在他内心里，你仍然只不过是他的父亲。

当爸的感觉在现代是越来越变得粗糙而暧昧了啊！

我 的 乡 愁

　　我出生在哈尔滨，父亲出生在北京沿海地区的一个小村，离海三十几里，但不是渔村。早年间的村民也皆是农民，靠土地为生。不过土地稀少，且集中在地主户下，所谓农民多是佃农。

　　父亲是独生子，自幼失母。祖父也是独生子，同样是自幼失母的苦命人。因为没有土地，又没有一个完整的家，祖父的生存之道只能是做长工，就是终年吃住在地主家，为地主家干一切活的农村人。年终时，可多少得到点儿工钱。而我的父亲，七八岁起就做起了小长工，与他的父亲我的祖父一道寄居在长工屋里。

　　我的父亲从不说地主是地主。偶尔对我们谈起他小时候的事，习惯的说法是"东家"。

　　记得我的哥哥曾问过父亲——东家对他父子俩怎么样？

　　父亲的说法是——命不好，生来是长工嘛，非亲非故的，凭什么指望东家拿你当自家人对待呢？却也不能说东家是坏人，只要干活肯出力，东家那还是会看在眼里，记在心间，年底发工钱时大方一点儿的。

　　我父亲14岁那年，当地闹旱灾。父亲背着祖父，跟随一队逃荒的山东人"闯关东"——他20岁时，成了我们的父亲。1949年后，他将我的爷爷接到了哈尔滨。

大约在我5岁时，爷爷去世了，葬于哈尔滨郊区的一片坟地。

我对爷爷有印象，却没有什么深刻的记忆。依稀记得的他，只不过是一个瘦高个儿的白胡子老头，会修鞋。有几次我曾到他修鞋的地方去找他，他给我买"列巴圈"[1] 吃。

哥哥上大学前，我曾陪他去往那片郊区的坟地，想为爷爷上一次坟，却没找到。当年底层人死了，坟前竖不起石碑，大抵是埋块写了墨字的木牌。而那样的木牌常被偷走，特别是新坟的。谁家亲人坟前的木牌一旦不见了，那坟在一大片坟地中就难以辨认了。

我下乡前，两个弟弟也陪我去找过一次，也没找到。

毕竟，那个会修鞋的瘦高的白胡子老头是我父亲的父亲。没有他，便没有我父亲，便也没有我们，这种本能的血亲意识促使我和哥哥去寻找。

何况，母亲也反复强调找的重要性。

她每说："还是能找到好。找不到，以后就没法给你们爷爷上坟了啊！"

我父亲退休后，我也陪父亲去找过——那片坟地踏平了几处，仍未找到。

父亲回家的路上，沉默无语，表情戚然。

父亲退休前，曾带着弟弟妹妹回过老家一次。退休后，再没回去。据母亲说，他因为连自己父亲的坟都丧失了，内心十分惭愧，不愿回老家了。怕乡亲们问起，无言以对。

我在中国儿童电影制片厂工作时，代表父亲，做了一次郑重的决定——先是，父亲从哈尔滨转来一封信，是老家一位乡亲写给他

---

[1]　面包圈。

的（我家在老家没有亲戚，只有乡亲）。村中将进行道路修建，爷爷名下的老屋要拆除。那老屋有六七十年历史了，石头砌的，年久失修，早已破败不堪。拆除所剩，无非一堆石块和几根大梁而已。而那位乡亲的儿子已订了婚，正准备盖新房，石块和大梁用得上。他给父亲写信的意思是，希望父亲同意将木料和大梁送给他家，以解他家为儿子盖新房尚缺用料的燃眉之急。

父亲将那封信转给我，意思很明显，是征求一下我的意见。

我除了同意，根本不会还有什么另外的意见啊——于是我代父亲写了一封无偿给予的声明书性质的信寄回了老家。

半月后收到了那位乡亲的回信——信上没有父亲按的手印，也无我单位盖的章，村委会对我的信不能采信。

我便又写了一封信寄往哈尔滨，嘱父亲按上手印尽快寄回。我收到后，请厂里盖上了单位公章，挂号寄往老家。

至此，似乎万事大吉了。

我因自己代父亲所做的决定的正确性，倍觉欣然。我一向认为，老家即使没有亲戚而只有乡亲了，那也到底还是老家啊！乡情乡情，包含着乡亲之情嘛！

那时，我一直有陪父亲再回一次老家的打算。我知道，父亲虽没说过，内心其实是很思乡的。我从没回过老家，也想亲自看看老家究竟是怎样的一个村子。

但父亲不久患了癌症，当年去世了。

父亲逝后，我回老家的想法迫切了，强烈了，掺杂着代父亲实现生前愿望的内疚。

第二年春季，我正在班上呢，北影传达室将电话打到了童影厂，说我的一位婶找我找到了北影。

我想了想，回答说自己在哈尔滨也没婶呀。

北影传达室的同志说，不是你哈尔滨的婶，是你山东老家的婶。

我肯定地说，自己山东老家更没什么婶了，估计是精神有毛病的滋扰者吧？

传达室的同志也肯定地说，绝对不是你以为的那样，自称是你婶的女人又饿又渴，像是有十万火急的事才来北京找你的，你快见上人家吧！

我匆匆赶到北影传达室，一位身体健壮、脸色晒得很黑的农妇，听传达室的同志指着我说"他就是梁晓声"，立即双膝齐跪于我面前，抱住我腿说："晓声侄子，可不得了啦！老家出了人命大事啦！婶来找你，是要求你救救我儿子呀！……"

言罢，号啕大哭。

我惊愕万分，一头雾水。

传达室非是细听端详的地方，我只得将她带回家。那一路，婶哭泣不止，我心中七上八下、忐忑不安。

到了我家，婶喝过几口水后，这才稍稍平定了情绪，对我讲述分明——原来，是我代表父亲给予她那一堆石料惹的祸。按道理，那堆石料本不该她一家所得。即使我家无偿给予，也应首先给予队里，充公后由队里分配。偏偏她家人抢先一步，手中握有我的信了，于是独得。又于是，引起了矛盾。春节期间，她家独生子与别人家独生子因积下的矛盾发生言语冲突。都是未婚青年，又都喝得半醉，结果她家儿子一刀将别人家儿子捅死了，她家儿子也被省法院判了死刑，等待执行……

可以这样说，当时直听得我心惊肉跳，六神无主。此等恶性事件，发生在不相干的人身上，自己听来是一回事。由自己亲笔写下的一封信所导致，听来不由我脊背发冷。

婶希望我陪她去最高法院，申诉她儿子完全是过失杀人，恳请法院判个死缓，留她儿子一命。

一堆石头，几根六七十年前的木料，竟使两户农民都失去了年轻的生命，我也感到过于可悲。何况，两个小伙子是两家的独生子！

事不宜迟。我匆匆做了顿饭，在婶吃着的时候，自己伏案疾书，写起陈情表式的上诉状来。待我写完，婶还没吃几口饭呢。

我理解，她哪里又吃得下去！

当年，最高法院在丰台设有上访接待处。当年的北京，交通不像如今这般便利，难得一见出租车。我和婶赶到时，已三点多了。好在那时人已不多。接待的同志颇有耐心。而婶那时身心疲惫，显然丧失了正常的陈述能力，我便代为陈述。对方听罢，表情亦凝重，看似与我有同感。待我替婶登记完毕，呈递了申诉状，婶说她走不动了。我挽她在外边休息了良久，并劝道，结果或许能有转机。岂料不劝则已，一劝之下，她又哭开了。

如今，可悲之事已经过去二十五六年了，我仍没回过那个是我祖籍之地的小村。每一想到它，心里阴影挥之难去。

一堆石头，几根大梁，当年二三百元的东西，使两户农民都失去了还没成过亲的是棒小伙的独生子——这件与我亲笔写的两封信有关系的事，使我对"贫穷"二字怀有深仇大恨般的咒心。

《周易》中不仅有"天行健，君子以自强不息""地势坤，君子以厚德载物"这等亘古名句，还有所谓"五福""六极"。"五福"姑且不论，单说"六极"，四曰贫、五曰恶、六曰弱。贫在恶前，证明连古人也晓得——贫必生恶事，故贫乃恶之根源之一。不治民间贫境，则国运之弱不能变。

萧伯纳也曾阐述过贫穷。他的话一言以蔽之——富有本身不是罪恶。但如果不能以有效的方式扶贫，不论个人或国家的富有，实际上便都成了与"六极"共存的图景。

故我对"精准扶贫"的国策，发自内心地力挺。

并且我确实看到，"精准扶贫"像"反腐倡廉"一样，不再是口号，而是坚定不移的行动。

值得高兴的是，那个是我祖籍的小村，以旅游业为发展龙头，多种经营，方方面面都发生了巨大变化。还成立了集团公司，绝大多数农民都成了公司股民，过上了较好的生活。

我也就打算克服心理阴影，替我的祖父和父亲回去一次了……

关于"孝"
——写给九十年代的儿女们

有位大二的文科女生，曾在写给我的信中问——"你们这一代以及上一代的许多人，为什么一谈起自己的父母就大为动容呢？为什么对于父母的去世往往那么悲痛欲绝呢？这是否和你们这一代人头脑中的'孝'字特别有关呢？难道人不应以平常心对待父母的病老天年吗？过分纠缠于'孝'的情结，是否也意味着与某种封建的伦理纲常撕扯不开呢？难道非要求我们中国人，一代又一代地背负上'孝'的沉重，仿佛尽不周全就是一种罪过似的吗？……"

信引出我连日来的思考。

依我想来，"孝"这个字，的的确确，可能是中国独有的字。而且，可能也是最古老的字之一。也许，日本有相应的字，韩国有相应的字。倘果有，又依我想来，大约因中国文化与日本文化和韩国文化的渗透有关吧？西文中无"孝"字。"孝"首先是中国，其次是某些亚洲国家的一脉文化现象。但这并不等于强调只有中国人敬爱父母，西方人就不敬爱父母。

毫无疑问，全人类的大多数都是敬爱父母的。

这首先是人性的现象。

其次才是文化的现象。

再其次才是伦理的现象。

再再其次纳入人类的法律条文。

只不过，当"孝"体现为人性，是人类普遍的亲情现象；体现为文化，是相当"中国特色"的现象；体现为伦理，确乎掺杂了不少封建意识的糟粕；而体现为法律条文，则便是人类对自身人性原则的捍卫了。

在中国，在印度，在希腊，在埃及，人类最早的法案中，皆记载下了对于不赡养父母，甚至虐待父母者的惩处。

西方也不是完全没有"孝"的文化传统。只不过这一文化传统，被纳入了各派宗教的大文化。成为宗教的教义要求着人们，影响着人们，导诲着人们。只不过不用"孝"这个字。"孝"这个中国字，依我想来，大约是从"老"字演化的吧？"老"这个中国字，依我想来，大约是从"者"字演化的吧？"者"为名词时，那就是一个具体的人了。一个具体的人，他或她一旦老了，便丧失了自食其力和生活自理的能力了。这时的他或她，就特别地需要照料、关怀和爱护了。当然，这种义务，这种从人性的最温馨的本能出发的义务和责任，首先最应由他或她的儿女们来完成。正如父母照料、关怀和爱护儿女一样，也是从人性的最温馨的本能出发的义务和责任。源于人性的自觉，便温馨；认为是拖累，那也就是一种无奈了。

人一旦处于需要照料、关怀和爱护的状况，就刚强不起来了。再伟大，再杰出，再卓越的人，再一辈子刚强的人，也刚强不起来了。仅此一点而言，一切老人都是一样的。一切人都将面临这一状况。

故中国有"老小孩儿、小小孩儿"一句话。这不单指老人的心态开始像小孩儿，还道出了老人的日常生活形态。倘我们带着想象看这个"老"字，多么像一个跪姿的人呢？倘这个似乎在求助的人又进而使我们联想到了自己的老父老母，我们又怎么能不心生出大爱之情？那么这一种超出于一般亲情的大爱，依我想来，便是"孝"的人性的根了吧？

不是所有的人步入老年都会陷于人生的窘地。有些人越到老年，无论在社会上还是在家族中，越活得有权威，越活得尊严，越活得幸福活得刚强。

但普遍的人类的状况乃是——大多数人到了老年，尤其到了不能自食其力，丧失生活自理能力的人生阶段，其生活的精神和物质的起码关怀，是要依赖于他人首先是依赖于儿女给予的。否则，将连老年的自尊都会一并丧失。

寻常百姓人家的老年人，依我想来，内心里对这一点肯定是相当敏感的。儿女们的一句话，一种眼神，一个举动，如果竟然包含有嫌弃的成分，那么对他们和她们的伤害是非常巨大的。

老人对这一点真是又敏感又自卑又害怕啊。

所以中国语言中有"反哺之情"一词。

无此情之人，真的连禽也不如啊！

由"者"字而"老"字而"孝"字——我们似乎能看出中国人创造文字的一种人性的和伦理的思维逻辑——一个人老了，他或她就特别需要关怀和爱护了，没有人给予关怀和爱护，就几乎只能以跪姿活着了。那么谁该给予呢？当然首先是儿子。儿子将跪姿的"老"字撑立起来了，通过"孝"。

在中国的民间，有许许多多代代相传的关于"孝"的故事。在中国的文化中，也有许许多多颂扬"孝"的诗词、歌赋、戏剧、文学作品。

我认为——这是人类人性的记录的一部分。何以这一部分记录，在世界文化中显得特别突出呢？

乃因中国是一个人口众多的国家，是一个农业大国，是一个文化历史悠久的国家。

人口众多，老年现象就普遍，就格外需要有伦理的或曰"纲常"的原则维护老年人的"权益"。农业大国两代同堂三代同堂甚至四世同堂的现象就普遍，哪怕从农村迁移为城里人了，大家族相聚而居的农业传统往往保留、延续，所以"孝"与不"孝"，便历来成为中国从农村到城市的相当主要的民间时事之内容。而文化——无论民间的文化还是文人的文化，便都会关注这一现象，反映这一现象。

"孝"一旦也是文化现象了，它就难免每每被"炒作"了，被夸张了，被异化了，便渐失原本源于人性的朴素了。甚至，难免被帝王们的统治文化所利用，因而，人性的温馨就与文化"化"了的糟粕掺杂并存了。

比如"君臣""父子"关系由"纲常"确立的尊卑从属之伦理原则。比如《二十四孝》。它是全世界唯中国才有的关于"孝"的"典范"事例的大全。想必它其中也不全是糟粕吧？我没见过，不敢妄言。

但小时候母亲给我讲过《二十四孝》中"王小卧鱼"的故事——说有一个孩子叫王小，家贫，母亲病了，想喝鱼汤。时值寒冬，河冰坚厚。王小就脱得赤条条的一丝不挂，卧于河冰之上……

干什么呢？

企图用自己的体温将河冰融化，进而捞条鱼为母亲炖汤。我就不免地问：为什么不用斧砍个冰洞呢？母亲说他家太穷，没斧子。我又问：那用石头砸，也比靠体温去融化更是办法呀！母亲答不上来，只好说你明白这王小有多么孝就是了！而我百思不得其解——倘河冰薄，怎么样都可以弄个洞；而坚厚，不待王小融化了河冰，自己岂不早就冻僵了，冻死了吗？……"孝"的文化，摈除其糟粕，其实或可折射出一部中国劳苦大众的"父母史"。

姑且撇开一切产生于民间的关于"孝"的故事不论，举凡从古至今的卓越人物，文化人物，他们悼念和怀想自己父母的诗歌、散文，便已洋洋大观，举不胜举了。

从一部书中读到老舍先生《我的母亲》，最后一段话，令我泪如泉涌——"生命是母亲给我的。我之能长大成人，是母亲血汗灌养的。我之所以能成为一个不十分坏的人，是母亲感化的。我的性格，习惯，是母亲传给的。她一世未曾享过一天福，临死还吃的是粗粮。唉，还说什么呢？心痛！心痛！"

季羡林先生在《我的母亲》一文中写道——"我这永久的悔就是：不该离开故乡，离开母亲。"我相信季先生这一位文化老人此一行文字的虔诚。个中况味，除了季先生本人，谁又能深解呢？季先生的家乡是"鲁西北一个极端贫困的村庄"。他的家更是"贫中之贫，真可以说是贫无立锥之地"。离家八年，成为清华学子的他，突然接到母亲去世的噩耗，赶回家乡——"看到母亲的棺材，伏在土炕上，一直哭到天明。"

季先生在文章的最后写道——"古人说：'树欲静而风不止，子欲养而亲不待'，这话正应到我身上。我不忍想象母亲临终时思念爱子的情况：一想到，我就会心肝俱裂，眼泪盈眶……我真想一头撞死在棺材上，随母亲于地下。我后悔，我真后悔，我千不该万不该离开了母亲……"

年近八十（季先生的文章写于1994年）学贯中西的老学者，写自己半个世纪前逝世的母亲，竟如此的行行悲，字字泪，让我们晚辈之人也只有"心痛！心痛！"了……

萧乾先生写母亲的文章的最后一段是这样的——"就在我领到第

一个月工资那一天，妈妈含着我用自己劳动挣来的钱买的一点儿果汁，就与世长辞了。我哭天喊地，她想睁开眼皮再看我一眼，但她连那点儿力气也没有了。"

我想，摘录至此，实际上也就回答了那位九十年代的女大学生的困惑和诘问。我想，她大约是在较为幸福甚至相当幸福的生活环境中长大的。她所感受到的人生的最初的压力，目前而言恐怕仅只是高考前的学业压力，她眼中的父母，大约也是人生较为顺达甚至相当顺达的父母吧？她的父母对她的最大的操心，恐怕就是她的健康与否和她能否考上大学，考上什么样的大学吧？当然，既为父母，这操心还会延续下去，比如操心她大学毕业后的择业，是否出国？嫁什么人？洋人还是国人？等等。

不论时代发展多么快，变化多么巨大，有一样事是人类永远不太会变的——那就是普天下古今中外为父母者对儿女的爱心。操心即爱心的体现。哪怕被儿女认为琐细，讨嫌，依然是爱心的体现——虽然我从来也不主张父母们如此。

但是从前的许多父母的人生是悲苦的。这悲苦清晰地印在从前的中国贫穷落后的底片上。

但是从前的儿女从这底片上眼睁睁地看到了父母人生的大悲大苦。从前的儿女谁个没有靠了自己的人生努力而使父母过上几天幸福日子的愿望呢？

但是那压在父母身上的贫穷与悲苦，非是从前的儿女们所能推得开的。

所以才有老舍先生因自己的母亲"一世未曾享过一天福，临死还吃的是粗粮"之永远的内疚……

所以才有季羡林先生"不该离开故乡，不该离开母亲"之永远的悔；以及"真想一头撞死在母亲的棺木上，随母亲于地下"之大哭大恸；以及后来"一想到，就会心肝俱裂，眼泪盈眶"的哀思……

所以才有萧乾先生领到第一个月工资那一天，"妈妈含着用我自己劳动挣来的钱买的一点儿果汁，就与世长辞了"的辛酸一幕……

所以"子欲养而亲不待"这一句中国话，往往令中国的许多儿女们"此恨绵绵无绝期"。

中国的"孝"的文化，何尝不是中国的穷的历史的一类注脚呢？

中国历代许许多多，尤其近当代许许多多优秀的知识分子，文化人，是从贫穷中脱胎出来的。他们谁不曾站在"孝"与知识追求的十字路口踟蹰不前过呢？

是他们的在贫穷中愁苦无助的父母从背后推他们踏上了知识追求的路。他们的父母其实并不用"父母在，不远游"的"纲常"羁绊他们，也不要他们那么多的"孝"。唯愿他们是于国于民有作为的人。否则，我们中国的近当代文化中，也就没了季先生和老舍先生们了。中国的许多穷父母，为中国拉扯了几代知识者文化者精英。这一点，乃是中国文化以及历史的一大特色。岂是一个"孝"字所能了结的？！老舍先生《我的母亲》一文最后四个字——"心痛！心痛！"道出了他们千种的内疚，万般的悲怆。使读了的后人，除默默地怃然，真的"还能再说什么呢？"放眼今天之中国——贫穷依然在乡村在城市四处咄咄逼人地存在着。今天仍有许许多多在贫穷中坚忍地自撑自熬的父母，从背后无怨无悔地推他们一步三回头的儿女踏上求学成材之路。据统计，全国约有百万贫困大学生。他们中不少人，将成为我们民族未来的栋梁。

老舍先生的"心痛"，季羡林先生"永久的悔"，萧乾先生欲说还休的伤感记忆，我想，恐怕今天和以后，也还是有许多儿女们要体验的。

《生活时报》曾发表过一篇女博士悼念父亲的文章。那是经我推荐的——她的父亲病危了而嘱千万不要告诉她，因为她正在千里外的北京准备博士答辩——待她赶回家，老父已逝……

朱德《母亲的回忆》的最后一段话是——"使和母亲同样生活着（当然是贫苦的生活）的人能够过一个快乐的生活，这就是我所能做的和我一定做的。"

只有使中国富强起来，才能达此大目标。只有使中国富强起来，中国历代儿女们的孝心，才不至于泡在那么长久的悲怆和那么哀痛的眼泪里。

只有使中国富强起来，亲情才有大的前提是温馨的天伦之乐；儿女们才能更理念地面对父母的生老病死；"孝"字才不那般沉重，才会是拿得起也放得下之事啊！

而我这个所谓文人，是为那大目标做不了一丝一毫的贡献的。能做的国人，为了我们中国人以后的父母，努力呀！……

论温馨

温馨是纯粹的汉语词。

近年常读到它，常听到它；自己也常写到它，常说到它。于是静默独处之时每想——温馨，它究竟意味着什么呢？

是某种情调吗？是某种氛围吗？是客观之境？抑或仅仅是主观的印象？它往往在我们内心里唤起怎样的感觉？我们为什么特别不能长期地缺少了它？

那夜失眠，依床而坐，将台灯罩压得更低，吸一支烟，于万籁俱寂中细细筛我的人生，看有无温馨之蕊风干在我的记忆中。

从小学二三年级起，母亲便为全家的生活去离家很远的工地上班。每天早上天未亮便悄悄地起床走了，往往在将近晚上八点时才回到家里。若冬季，那时天已完全黑了。比我年龄更小的弟弟妹妹都因天黑而害怕，我便冒着寒冷到小胡同口去迎母亲。从那儿可以望到马路。一眼望过去很远很远，不见车辆，不见行人。终于有一个人影出现，矮小，然而"肥胖"。那是身穿了工地上发的过膝的很厚的棉坎肩所致。像矮小却穿了笨重铠甲的古代兵卒。断定那便是母亲。在幽蓝清冽的路灯光辉下，母亲那么快地走着。她知道小儿女们还饿着，等着她回家胡乱做口吃的呢！

于是我跑着迎上去，边叫："妈！妈……"

如今回想起来，那远远望见的母亲的古怪身影，当时对我即是温馨。回想之际，觉得更是了。

小学四年级暑假中的一天，跟同学们到近郊去玩，采回了一大捆狗尾草。采那么多狗尾草干什么呢？采时是并不想的。反正同学们采，自己也跟着采，还暗暗竞赛似的一定要比别的同学采得多，认为总归是收获。母亲正巧闲着，于是用那一大捆狗尾草为弟弟妹妹们编小动物。转眼编成一只狗，转眼编成一只虎，转眼编成一头牛……她的儿女们属什么，她就先编什么。之后编成了十二生肖。再之后还编了大象、狮子和仙鹤、凤凰……母亲每编成一种，我们便赞叹一阵。于是母亲一向忧愁的脸上，难得地浮现出了微笑……

如今回想起来，母亲当时的微笑，对我即是温馨。对年龄更小的弟弟妹妹们也是。那些狗尾草编的小动物，插满了我们破家的各处。到了来年，草籽干硬脱落，才不得不——丢弃。

我小学五年级时，母亲仍上着班。但那时我已学会了做饭。从前的年代，百姓家的一顿饭极为简单，无非贴饼子和煮粥。晚饭通常只是粥。用高粱米或苞谷糁子煮粥，很费心费时的。怎么也得两个小时后才能煮软。我每坐在炉前，借炉口映出的一小片火光，一边提防着粥别煮煳了一边看小人书。即使厨房很黑了也不开灯，为了省几度电钱……

如今回想起来，当时炉口映出的一小片火光，对我即是温馨。回想之际，觉得更是了。

由小人书联想到了小人儿书铺。我是那儿的熟客，尤其冬日去。倘积攒了五六分钱，坐在靠近小铁炉的条凳上，从容翻阅；且可闻炉上水壶嗞嗞作响，脸被水汽润得舒服极了，鞋子被炉壁烘得暖和极了：忘了时间，忘了地点；偶一抬头，见破椅上的老大爷低头打盹儿，而外边，雪花在土窗台上积了半尺高……

如今想来，那样的夜晚，那样的时候，那样的地方，相对是少年的我便是一个温馨的所在。回想之际，觉得更是了。

上了中学的我，于一个穷困的家庭而言，几乎已是全才了。抹墙、修火炕、砌炉子，样样活儿都拿得起，干得很是在行。几乎每一年春节前，都要将个破家里里外外粉刷一遍。今年墙上滚这一种图案，明年一定换一种图案，年年不重样。冬天粉刷屋子别提有多麻烦，再怎么注意，也还是会滴得哪哪都是粉浆点子。母亲和弟弟妹妹们撑不住就打盹儿，东倒西歪全睡了。只有我一个人还在细细地擦、擦、擦……连地板都擦出清晰的木纹了。第二天一早，母亲和弟弟妹妹们醒来，看看这儿，瞅瞅那儿，一切干干净净有条不紊；看得目瞪口呆……

如今想来，温馨在母亲和弟弟妹妹眼里，在我心里。他们眼里有种感动，我心里有种快乐。仿佛，感动是火苗，快乐是劈柴，于是家里温馨重重。尽管那时还没生火，屋子挺冷……

下乡了，每次探家，总是在深夜敲门。灯下，母亲的白发是一年比一年多了。从怀里掏出积攒了三十几个月的钱无言地塞在母亲瘦小而粗糙的手里，或二百，或三百。三百的时候，当然是向知青战友们借了些的。那年月，二三百元，多大一笔钱啊！母亲将头一扭，眼泪就下来了……

如今想来，当时对于我，温馨在母亲的泪花里。为了让母亲过上不必借钱花的日子，再远的地方我都心甘情愿地去，什么苦都算不上是苦。母亲用她的泪花告诉我，她完全明白她这一个儿子的想法。我心使母亲的心温馨，母亲的泪花使我心温馨……

参加工作了，将老父亲从哈尔滨接到了北京。十四年来的一间筒子楼宿舍，里里外外被老父亲收拾得一尘不染。经常的，傍晚，我在家里写作，老父亲将儿子从托儿所接回来了。听父亲用浓重的山东口音教儿子数楼阶："一、二、三……"所有在走廊里做饭的邻居听了都笑，我在屋里也不由得停笔一笑。那是老父亲在替我对儿子进行学前智力开发，全部成果是使儿子能从一数到了十。

父亲常慈爱地望着自己的孙子说："几辈人的福都让他一个人享了啊！"

其实呢，我的儿子，只不过出生在筒子楼，渐渐长大在筒子楼。

有天下午我从办公室回家取一本书，见我的父亲和我的儿子相依相偎睡在床上，我儿子的一只小手紧紧揪住我父亲的胡子（那时我父亲的胡子蓄得蛮长）——他怕自己睡着了，爷爷离开他不知到哪儿去了……

那情形给我留下极为温馨的印象；还有我老父亲教我儿子数楼阶的语调，以及他关于"福"的那一句话。

后来父亲患了癌症，而我又不能不为厂里修改一部剧本，我将一张小小的桌子从阳台搬到了父亲床边，目光稍一转移，就能看到父亲仰躺着的苍白的脸。而父亲微微一睁眼，就能看到我，和他对面养了十几条美丽金鱼的大鱼缸。在父亲不能起床后我为父亲买的。十月的阳光照耀着我，照耀着父亲。他已知自己将不久于世，然只要我在身旁，他脸上必呈现着淡对生死的镇定和对儿子的信赖。一天下午一点多我突觉心慌极了，放下笔说："爸，我得陪您躺一会儿。"尽管旁边有备我躺的钢丝床，我却紧挨着老父亲躺了下去。并且，本能地握住了父亲的一只手。五六分钟后，我几乎睡着了，而父亲悄然而逝……

如今想来，当年那五六分钟，乃是我一生体会到的最大的温馨。感谢上苍，它启示我那么亲密地与老父亲躺在一起，并且握着父亲的手。我一再地回忆，不记得此前也曾和父亲那么亲密地躺在一起过；更不记得此前曾在五六分钟内轻轻握着父亲的手不放过。真的感谢上苍啊，它使我们父子的诀别成了我内心里刻骨铭心的温馨……

后来我又一次将母亲接到了北京，而母亲也病着了。邻居告诉我，每天我去上班，母亲必站在阳台上，脸贴着玻璃望我，直到无法望见为止。我不信，有天在外边抬头一看，老母亲果然在那样地望我。母亲弥留之际，我企图嘴对着嘴，将她喉间的痰吸出来。母亲忽然苏醒了，以为她的儿子在吻别她。母亲她的双手，一下子紧紧搂住了我的头。搂得那么紧那么紧。于是我将脸乖乖地偎向母亲的脸，闭上眼睛，任泪水默默地流。

如今想来，当时我的心悲伤得都快要碎了。所以并没有碎，是由于有温馨粘住了啊！在我的人生中，只记得母亲那么亲爱过我一次，在她的儿子快五十岁的时候。

现在，我的儿子也已大三了。有次我在家里，无意中听到了他与他的同学的交谈：

"你老爸对你好吗？"

"好啊。"

"怎么好法？"

"我小时候他总给我讲故事。"

其实，儿子小时候，我并未"总给"他讲故事。只给他讲过几次，而且一向是同一个自编的没结尾的故事。也一向是同一种讲法——该睡时，关了灯，将他搂在身旁，用被子连我自己的头一起罩住，口出异声："呜……荒郊野外，好大的雪，好大的风，好黑的夜啊！冷呀！呱嗒、呱嗒……爪子落在冰上的声音……大怪兽来了，它嗅到我们的气味了，它要来吃我们了……"

儿子那时就屏息敛气，缩在我怀里一动也不敢动。幼儿园老师觉得儿子太胆小，一问方知缘故，曾郑重又严肃地批评我："你一位著名作家，原来专给儿子讲那种故事啊！"

孰料，竟在儿子那儿，变成了我对他"好"的一种记忆。于是不禁地想，再过若干年，我彻底老了，儿子成年了，也会是一种关于父亲的温馨的回忆吗？尽管我给他的父爱委实太少，但却同一切似我的父亲们一样抱有一种奢望，那就是——将来我的儿子回忆起我时，或可叫作"温馨"的情愫多于"呜……呱嗒、呱嗒"。

某人家乔迁，新居四壁涂暖色漆料，贺者曰："温馨。"

年轻夫妻终于拥有了自己的小家，他们最在乎的定是卧室的装修和布置，从床、沙发的样式到窗帘的花色，无不精心挑选，乃为使小小的私密环境呈现温馨。

少女终于在家庭中分配到了属于自己的房间，也许很小很小，才七八平方米，摆入了她的小床和写字桌再无回旋之地；然而几天以后你看吧，它将变得每一个角落都充满了温馨。

新房大抵总是温馨的。倘一对新人恩爱无限，别人会感到连床边的两双拖鞋都含情脉脉的；吸一下鼻子，仿佛连空气中都飘浮着温馨。反之，若同床异梦，貌合神离，那么新房的此处或彼处，总之必有一处地方的一样什么东西向他人暗示，其实反映在人眼里的温馨是假的。

在商业时代，温馨是广告语中频频出现的词汇之一。我曾见过如下广告：

"饮××酒吧，它能使你的人生顿变温馨。"

我想，那大约只能是对斯文的醉君子而言，若是酒鬼又醉了，顿时感到的一定是他的人生的另一种滋味。

最令我讶然的是一则妇女卫生巾广告：

"用××卫生巾，带给你难忘的温馨。"

余也愚钝，百思不得其解。

酒吧总是刻意营造温馨的。

我虽一向拒沾酒气，却也被朋友邀至过酒吧几次。朋友问："够温馨吧？"

烛光相映，人面绰约，靡音萦绕；有情人或耳鬓厮磨，或呢哝低语。

我说："温馨。"

然内心里却半点儿体会到温馨的真感觉也没有。

我想，温馨肯定是多种多样的。除了那两条广告其意太深我无法理解，以上种种皆是温馨，也不该成为什么问题。

我想，温馨一定是有共性前提的。首先它只能存在于较小的空间。世界上的任何宫殿都不可能是温馨的，但宫殿的某一房间却会是温馨的。最天才的设计大师也不能将某展览馆搞成一处温馨的所在；而最普通的女人，仅用旧报纸、窗花和一条床单几个相框，就足以将一间草顶泥屋收拾得温馨慰人；在一辆"奔驰"车内放一排布娃娃给人的印象是怪怪的，而有次我看见一辆"奥拓"车内那样，却使我联想到了少女的房间。其次温馨它一定是同暖色调相关的一种环境。一切冷色调都会彻底改变它，而一切艳颜丽色也将使温馨不再。那时它或者转化为浪漫，或者转化为它的反面，变成了浮媚和庸俗。温馨也当然的是与光线相关的一种环境。黑暗中没有温馨，亮亮堂堂的地方也与温馨二字无缘。所以几乎可以断言，盲人难解温馨何境。而温馨所需要的那一种光，是半明半暗的，是亦遮亦显的，是总该有晕的。温馨并不直接呈现在光里，而呈现在光的晕里。故刻意追求温馨的人，就现代的人而言，对灯的形状、瓦数和灯罩，都是有极讲究的要求的。

这样看来，离不开空间大小、色彩种类、光线明暗的温馨，往往是务须加以营造的效果了。人在那样的环境里，男的还要流露多

155

情，女的还要尽显妖媚，似乎才能圆满了温馨。若无真心那样，作秀既是难免的，也简直是必要的。否则呢，岂不枉对于那不大不小的空间，那沉醉眼球的色彩，那幽晕迷人的灯光，那使人神经为之松弛的气氛了吗？

是的是的，我承认以上种种都是温馨，承认人性对它的需要就像我们的肉体需要性和维生素一样。

但我觉得，定有另类的一种温馨，它不是设计与布置的结果，不是刻意营造出来的。它储存在寻常人们所过的寻常的日子里，偶一闪现，转瞬即逝，溶解在寻常日子的交替中。它也许是老父亲某一时刻的目光；它也许曾浮现于老母亲变形了的嘴角；它也许是我们内心的一丝欣慰；甚至，可能与人们所追求的温馨恰恰相反，体现为某种忧郁、感伤和惆怅。

它虽溶解在日子里，却并没有消亡，而是在光阴和岁月中渐渐沉淀，等待我们不经意间又想起了它。

而当我们想起了它的时候，我们往往会对自己说——温馨吗？我知道那是什么！并且，顿感其他一概的温馨，似乎都显得没有多少意味了……

当年修房子那些事

　　当年之中国，与现在一样——人们的住房无非三类：公有的、私有的、存在合法或不合法的自建房。

　　上自省市领导，下至各政府部门、军队系统、公安系统、企事业单位分给员工的住房，皆属公房。包括某些大厂分给工人的宿舍在内，一般都比较好，起码是砖房。住公房的人基本都要交房租。大干部、高等知识分子、文艺界名流交不交并不统一，据说有特殊贡献者享受免交优待，生活特别困难的工人也可免交。

　　私有住房指某些人家新中国成立前买下的住房。既然属于私有，新中国成立后便可买卖，但须交房租，因为所占土地已归属国家。

　　合法的自建房指经有关部门批准而建的住房，多属于工人之家——老父母从农村到城里来投奔儿女并将依靠儿女养老的家庭，自己的大儿大女结婚了却无房可住；总之人口多了原有住房根本住不开了，厂里又无房可分给他们，不批准自建怎么办呢？不合法的是指为了住得宽松点，虽未经批准但偷偷盖起来了，既成事实了，谁敢拆就跟谁玩命，或自寻短见，往往也就任其不合法地存在着了。当年也是讲维稳的，逼出人命总归不好。自建房面积都不大，最大也就二十来平方米。有人在那样的房子里结婚、生儿育女，直至儿

157

女上了中学、高中、参加了工作，而自己老去了。工厂大抵在城市的偏僻区域或郊区，毕竟有自建空间，所建基本是土坯房。市中心楼房多，除了一层，二层以上没有自建的可能。而一层又大抵临马路的人行道，有胆量乱搭乱建也搭建不成。所以市中心没自建房。

1949年后的哈尔滨市，在相当长的时期内，除了城市主要街道的改造和各级政府机关办公楼的兴建，在住宅楼的兴建方面并无大的举动。当年人口的增加尚不明显，最广大的市民从前的居住状况怎样，至1980年前后基本还怎样。当年没有"改善市民居住条件"这一提法。提了也白提，各级政府都没经济实力考虑此事。非但哈尔滨如此，包括"京上广津"等城市在内的一切中国城市，不分大小，概莫如此。东西南北中，绝大多数省会城市旧貌依然，县级城市破破烂烂。我是知青时的团部距黑河市18里，去过的知青这样形容它——"两条街道三个岗亭，一处公园四个猴"。而黑河作为一级"地委"所在城市，那时已有二十余年历史了。

具体再说到哈尔滨，"文革"前盖了一幢八层的宾馆曰"北方大厦"，在当年是哈尔滨人最津津乐道的骄傲之一。

老处级及处以上干部住的基本是老楼或独门独院的俄式砖房、日式砖房。那些公房自然是定期维修的，却也只不过是刷刷外墙、门窗，检查一下水电管道、线路。好在那些公房原本质量一流，无须大费周章地进行维修或改造。科、教、文、卫系统的名流基本也住那类公房，但总人数毕竟是不多的。

私房的主人们也有所住条件很好的——他们大抵是1949年以前成功的或较成功的商企界人士或中医界名医。他们以前住的院子、房子肯定更大更多，后来一部分被充公了或自愿捐给政府了，但留给他们的家庭的部分，依然可算全哈尔滨市第二好的院子、房子。他们作为原房主不必交房租，维修便也是自家之事了。他们中某些人家住的房子，直至 20 世纪 80 年代，基本状况仍比较好。但另外一些私房，情况则甚不乐观——下沉了，门斗倾斜了，台阶木腐朽了，窗框损坏严重了，铁房盖漏雨了，雨水槽残缺了……何况有些私房不是砖体结构的，而是板夹泥的——多是俄式住房。

不少俄国人尤喜板夹泥的住房，与耗资多少无关，与审美的关系更大。板夹泥分两种——一种外墙镶木板，一种外墙抹洋灰。所夹之"泥"，也不是一般泥土，而是按比例掺入锯末子的混合土；如此这般的"泥"具有保暖和防火的作用。冬季，内墙一点都不凉。隔两三年，他们会将外墙用颜色灰料或油漆喷刷一遍，因而又簇新如初了。再配上他们中意的木栅栏围成的小前院，种上花树，自有一番童话式的美观。

但前提是，住这样的院子、房子，隔两年必得维修一次。倘一二十年内未维修过，结果就会不美好了。

它们的主人成为哈尔滨人以后，几乎谁家都没经济实力那么维修了。除"三名三高"人士，普通中国人的工资很有限，绝大多数人家负担不起那样一笔开支。二十余年后，那些私房容貌改变——原本是洋灰外墙的，墙皮成片脱落了。当年不似现在，到处可见卖建材的小店，甚至每座城市都有建材一条街，什么建材都可以买到。当年，私人是很难买到砖瓦、水泥、沙子和白灰的，那些东西国家搞建筑还得经过层层批给呢。所以，主人们只得寻找黄土，若能找到就不错了。又所以，他们的住房的外墙变成掺草的泥墙了。而原本镶木板的外墙呢，木板越掉越少，便也干脆统统拆下抹成泥墙了。至于粉刷，就别起那念头了。都变成泥墙了，还粉刷个什么劲儿呢！最令主人头疼的，是铁皮房顶锈了、破了、漏了。那种铁皮，长宽规格像壁纸，用铆钉铆在一起的，隔两年必须用油漆仔仔细细刷一遍。不那么维护，破损了毫不奇怪。一旦破损，也不能整张换，哪儿去买整张的厚铁皮呀！能搞到几小块就不错了——得向有关部门申请，为修房顶倒是会批给的。铁皮补铁皮，毕竟不像以布补布、以皮子补皮子般容易。那是有技术含量的活儿，不是谁都能干的。倘补过了还漏雨，或更漏了，不是白费事了吗？又要买铁皮又要雇人补，无疑对许多家庭都是一笔不小的支出。一年又一年，渐渐地，原本美观的房顶就像叫花子的衣服"补丁摞补丁"了。原本窗口四边有木饰板的，自然也残缺不全了。原本的小花园呢，美观的木栅栏逐渐被树皮、树杈、带刺铁丝什么的取代了。

尽管如此，住那些私房的人家仍是受羡慕的，因为一般是两室一厅有单独厨房的，虽然厅都不大，偏卧也小。而普遍的百姓人家，对于"厅"尚根本没有需要意识，能住上四十几平方米的房就知足常乐了，厨房也大抵搭床睡人的。

工厂区有幸住上工人宿舍的工人之家，一般也就是一大一小两个房间的砖瓦平房，四十几平方米的房子得五口之家才能住上，往往是三个孩子或两个孩子但有老人同住的工人之家，且要按入厂时间长短排队，排到退休前终于分到了便是谢天谢地之事。那种砖瓦平房很经住，所谓维修往往不过是由厂里换几片破碎的瓦，或正正无法关严的门，重砌一下倾斜的类烟囱。而工人们反映强烈的，通常是公用下水道和公厕存在的问题。别的城市怎样我不了解，像《功夫》电影中那种廉租的危楼，当年在全哈尔滨市少说也有近百处。

最令人们头疼的，是那些所谓自建房及前后或左右接出来的违建房。这类住房基本是土坯墙加油毡的房顶。在北方，油毡的房顶是很临时性的房顶，既不保暖，也容易在大风天被刮破。破了怎么办呢，用油毡补上就是。那是没任何技术含量的活，家家的男人都可以做好。哪儿破了，剪下片油毡用木条钉上，再多刷几遍沥青即可。一个时期内油毡是能买到的，后来又买不到了。房顶漏了的人家不得已，将防止小孩尿湿了被窝的一种油布剪成大大小小的油布片东一片西一片地补上房顶。油毡是黑色的，油布是酱黄色的，看上去具有"后现代"拼图的感觉。那种油布是在桐油中浸过的帆布加工成的，油纸伞的油纸也是那么加工成的。但油布终究也属于布，夏天一晒冬天一冻，第二年又漏雨了，必须再补。所幸在当年还有油布卖，价格不算太贵，否则房顶漏了的人家简直就没招了。

土坯房也是要砌地基的，它的主人们当年都买不起新砖，只能用到处捡的断砖和石头砌地基。备料往往不足，地基一般砌到稍微高出地面的高度就作罢了。所以，若某一夏季雨天多，土坯墙根就湿得半透了，内墙反潮姑且不论，还有墙倒房塌的隐患。

是故，每一户住土坯房的大人们，都深知护墙根的重要性。护墙根当然最好用水泥，但那年月一般人家也搞不到水泥呀，炉灰就成了好东西。家家户户都不会将炉灰白白扔了，而是用来培墙根。但是接连几场大雨过后，家家户户的土坯房都会湿到墙根的一米以上，于是人们又想到了用掺入炉灰的黄土抹墙的办法——那样做了之后，湿过的外墙在晴天里干得快。问题却是，冻了一冬天后，来年春夏外墙很容易因为黏性不够成片掉落。在农村，勤快的大人几乎每年秋季都从上到下将土坯房的外墙抹一遍，没有黄土，一般黑土也行。在东北，凡土必有一定黏性。拌入麦秸，抹一遍就厚一层。十年住下来，墙体比当初厚多了。然而在城市里还住土坯房的男主人们大抵是早出晚归的上班族，哪儿有时间每年抹一次房子呢？即使能挤出时间，适宜抹房子的季节往往也错过了。并且，每年哪儿去弄到所需的黄泥和麦秸呢？又不是小修小抹，需要的黄泥和麦秸是不少的呀。所以，黄泥掺炉灰，一向是他们平时对自家土坯房进行局部维护的方法。

实际上，如果用黄泥掺炉灰抹内墙的裂缝或补块墙皮、重砌一下炉灶，效果还是不错的。炉灰的作用虽比不上细沙，但比黄泥掺麦秸的效果看起来美观。

在从前的理发铺里，理发师傅理过发后常会主动问："头楂带走吗？"——他们为理发者备有包走头楂的报纸片。

人们带走头楂干什么呢？

以备抹墙时掺入抹墙泥里。头发多细呀，干后不着痕迹，却能起到与麦秸同样的牵连作用。但只有对原本齐平的内墙才会那样，而且即使对内墙一般人家也不会那么讲究，少数住俄式房的人家才会那样。

我下乡前，力所能及地将我家的土坯房之里里外外裂缝或掉墙皮处抹了一遍，也将炉灶和火炕的炕面重砌了一番。那些日子，我常因缺少黄泥和工具而犯愁，做梦都梦到砖、水泥、沙子、白灰和油毡以及抹子、瓦刀之类工具。我的工具却只不过是做饭用的铲子和劈柴用的斧头。

当年给我留下深刻印象的，是我一名中学同学家的墙根——他家附近的炼铁厂搬迁了，遗留下了几个篮球场大的积满铁锈的地方，铁锈近一尺厚。许多人家大人孩子齐上阵，土篮子破桶破盆都用上，争先恐后地挖起铁锈弄回家。他们将铁锈和炉灰掺入黄泥将自家墙根抹上一层，干后不但平滑有光泽无裂纹还防水。并且，是古铜色的，挺美观；这也算是从前物资极度匮乏的年代底层人民才智的体现吧！

当年我因为自己知道晚了，没能也弄回家一盆如法抹抹锅台和窗台，曾很沮丧。

直至2000年以后，不论是谁，只要坐在行驶于长江以北的列车上，当列车接近城市时，也不论那城市大或小，几乎总会看到铁路两旁有油毡房顶的低矮土坯房，而那些房顶上压着整砖或半砖，少则几块，多则十几块；像一盘盘象棋残局。倘无砖压着，油毡怕是早已被风刮到爪哇国去了。

当年之中国，住那种土坯房的城里人家不在少数。近二十年内，才逐渐从城市消除了。

而我成为知青后，最喜欢的劳动是抹墙。将一叉子和得不干不稀恰到好处的抹墙泥接在托板上，一抹子又一抹子厚薄均匀地抹上墙，会使我觉得那活干得特痛快，特舒心，特过瘾——因为我下乡前，从没能那么痛快地抹过自家的墙。我尤其爱干以水泥掺沙子来砌什么抹哪里的活——水泥呀，用正式的抹子而不是炒菜的铲子完成劳动任务，可是我下乡前梦里常梦到的情形呀！用瓦刀而不是斧头砍砖，一瓦刀砍下去，如果手中砖恰合本意地齐整地应声断开，那感觉是很爽的呢！

第四章

心是世界

校 庆 寄 语

又是校庆活动周了。

宣传部高部长命我写一篇"我的北语故事"之类的文章，以予共庆——自然是要遵命的。

我从复旦大学毕业后，先在北京电影制片厂工作了十一年，自忖勤恳敬业，颇对得起北影。后在中国儿童电影制片厂工作了十四年，尤其无愧于心；2002年调入北语至今未退，算来十五年了。

北语是我工作时间最长的单位。

北语给予我的关爱是我没齿难忘的，简直也可以说是抬爱——而我最觉对不起的单位，就是北语。

大约2012年后，我不再给本科生上课，只带研究生了。虽也参与对本科生的论文辅导及答辩事宜，工作量总归太少了。工作量少而又每月开着在岗教师的工资，每使我心有大惭。我愿意的情况是这样——到退休年限了就该退休，退休了就应开退休工资。而学校有需要，当做到招之即来，尽量发挥点余热。

我对北语常怀的报答心是——既受十五年之久的抬爱，须以永是北语人为荣幸，人退情结在焉。

为去内心羞愧，我曾口头请退多次，起码呈交过两次书面退休报告。因我尚在全国政协届中，有继职的规定，学校爱莫能助，我也只有理解万岁。

我从是一名知青时起就与"故事"二字结下了不解之缘，至今创作两千余万字，构成文集 50 卷——多是虚构性质，"故事"也。我与北语，也是有些人事可写的，如同事友谊、师生友谊。但，那些不妨以后再写；在此校庆活动周，我最想坦言的是对北语的几点寄语，或曰希望，还有对北语又一届新生们的几点忠告。

一、对学校的希望

学校当以学生为主。

就目前中国的情况而言，若每一所大学都奉行精英教育，既不符合中国国情，也不符合大学教育之普惠精神，还不符合普遍之大学的生源现状。

我的判断是，国家虽然十分重视大学生就业问题，不断有新政策出台，但未来几年内，大学生就业仍将是中国式忧虑。估计，至少有 1/4 多的本科生或研究生，每年可能难以找到恰与专业对口的工作。

那么，这要求大学本科生或研究生，成为具有复合型从业能力的时代新人。

我所言"复合"二字，乃指具有跨专业转型就业的潜质。即使初时不顺，却能尽快适应。

一名有心理准备的学生，是完全可以通过自学和兼学达成此点的。

我所了解的情况是，大部分同学其实在大学的前三年并不会自觉地为自己想到。不少同学以考研为既定方针，以为文凭证明能力。

而即使研究生又毕业了，往往还是会面对找工作难的问题——这时，哪怕他们还有另一种不是专业强项的从业能力，也会柳暗花明又一村。

遗憾的是，他们大抵没有。

所以，我希望我们北语这样的大学，能在他们是北语学子期间，助他们有之。起码，使他们具有专业能力以外的另一种从业可能性，以备转型之需。不一定很专，也不可能很专——但有，终究比没有好。

进言之，我希望我们北语在培养能力复合型时代新人方面，率先走在别的大学前边，积累经验，以益学子，以益同界。

无非便是，推行"专业+"的教学理念而已。

至于怎样才能"+"得好，而非事与愿违，则须研讨，也须打破各院各专业"老死不相往来"的局面。要形成机制，支持和鼓励包括奖励教师在本专业外尝试开设新课程。要尽量使教师资源在不影响本专业授课的前提之下，通过跨部、院、专业的讲座，讲专业外的自愿选修课，更广泛地贡献才能。

比如，艺术学院为什么不可以有"艺术广告欣赏与设计"课呢？

这种课连我只要稍作准备都可以内容充实地讲上一个学期。

总而言之，我希望我们北语以后毕业的学子，若是理科的，在面对出版社、广告公司、传媒单位的招聘时，较有自信地说：

当记者吗？我也行。

当编辑吗？我还行。

当艺术广告文字工作者吗？我照样行。

类似能力，专业出身，有系统见识，自然胜任愉快。但其要领，对有悟性的学子而言，大学四年中认认真真地听十来次有水平的讲座，入门非难事，转型有把握。

我也希望，我们北语以后毕业的学子，若是文科的，计算机方面的常识也懂一些，进行电脑平面设计不在话下，甚至，连会计学、统计学、心理学、园林及景观设计美学的知识、能力，亦略通一二。

我校的艺术学院有一流的书法教师，有书法水平较高的学子，我希望调动他们的积极性，在全校开展业余书法活动。希望新生大三时，实行一次学子间的评奖及成果展出。我校书法爱好者多多，不乏热心的组织人——但以往局限于教职员工之间。要将此有益的活动推广向学子。

据我所知，一名学子若有此长，不论求职还是进入了职场，都较受欢迎。

我希望在新生中举行一次歌词大赛，内容可多向一些亲情、友情、爱情、乡情、自然美、宠物萌，都可以写，不非以革命豪情为上等，凡有益于人性愉悦，当皆视为正能量。

若果能评出好的，请我校高人谱曲。甚或，请知名作曲家作曲也在所不惜。最好，由艺术学院自己的师生来唱——保留在校网站，作为此届新生留给母校的纪念。

我希望在新生中举行一次艺术广告设计大赛，暂可仅限于平面的——任何商品都可以，说不定会有商家相中呢！

我希望我们的新生是藏龙卧虎的一个大群体——果而如此，希望他们着力显现。若不是我想的那样，我希望北语将他们连自己都不知道的，却可能有的潜质诱发出来，逼将出来！

总之，我希望我们的北语，在我退休以后，成为一所有声有色的，能力表现活动较多的，每一名学子毕业时除了专业能力另外至少还有一种从业能力的——培养复合型时代新人的，教学方式方法创新型的大学……

二、对学子们的希望

同学们好！

北语的平均分数线不低，有的专业分数线还蛮高，诸位成为北语学子，证明考试能力较强。

考试能力当然也是一种能力，甚至可以说是某几种素质的综合体现——领悟能力、刻苦程度、学习方法、考场发挥状态……这些起决定性的前提，当然也是素质的综合体现。

但人须对自己的头脑有全面的认识，它分为各种脑区。你们不得不承认，从小学三四年级到初、高中，用得最狠的其实只不过是记忆脑区，方法是海量地看、背、记。那种背与记的勤奋现象，若一一写来叹为观止。而你们另外的脑区，相当长一个时期内处于假眠状态。它们究竟有怎样的潜力，往往是连你们自己也不十分清楚的，因为很少被发现、激活、调动和运用。

外国的高中生要考入一所好大学，也很可能像你们似的。全世界如此，古今如此。"头悬梁、锥刺股"者，他在那儿干吗呢？背也。此种励志精神是古人的夸大其词，中国古人有这种毛病——真那样，半年后身体就完了。

好大学对于学子的意义在于，深谙以上情况，善以科学的教学方法，营造活跃的学习氛围，及时地助学子开启另外的脑区的"箱盖"，将其中假眠的能量释放出来，看它具有怎样的华彩。

我所了解的北语，一向是这样做的。

不是说一入了大学之门，记忆的能力就不足论道了。

好记忆永远是好头脑的标志之一。

好记忆会使人终身受益。

但作为一名大学生的头脑，仅具有好记忆太不够了。

多年以前，我曾与几十位德国文化界人士座谈，担任翻译的是某著名外语学院德语系的才女，即将毕业的研究生。德国朋友们对中国古曲诗词感兴趣，我背《静夜思》，请译。

不料她说："你这不是成心难为我吗？"

场面尴尬。

过后我明白了——她不能将"床前明月光，疑是地上霜"这样的诗句，首先快速地在头脑中转变为白话。在胡适的《白话文学史》中，《静夜思》是白得不能再白的白话诗。

她可以译白语，却译不了四句白得不能再白的白话诗。

她被视为才女，倚重的仍仅仅是自己的背功和记忆力。虽已是即将毕业的研究生，另外的脑区似乎仍在假眠。

而这也说明，单靠背功和记忆力而优的学习能力，确乎并不就等于是从业能力。

据我所知，工科学生在校所学的知识，就业后如果与专业对口，十之七八是应用得上的——所以工科生的学习态度普遍较努力。

问题是——如果对口择业的愿望一挫再挫呢？

如果转型择业势在必行呢？

那时还靠什么能力择业？

理科生若实现专业与职业对口，基本上非读到博士不可，那也只不过有"对口"之可能。大多数硕士生，能进入对口单位就不错了，具体工作还往往与专业无关。

所以我要强调，理工科专业绝不意味着将来的铁饭碗——"专业+"同样对自己有益。若"+"文科能力，我认为更有益。

文科本科生、研究生在校所学的知识，十之七八其实并不能以后直接用在工作中，只有极少数博士生才能幸运地学以致用。

但这并不等于说文科知识毫无学的价值。恰恰相反，其价值决定文科生较对口地从业后的"厚"或"薄"。

不论在中国还是在外国，文科出身的文化记者，一向比新闻专业出身的记者更受被采访者的欢迎。文科出身的文化记者，比新闻专业更有条件成为文化学者——外国的许多人文社科类好书，往往是文科出身的文化记者所著。

关键在于，自己是否能将在校所学的知识用活。肯学，用得活，多看，多思考，自然渐"厚"。否则，真的白学了。

全世界绝大多数人文社科及文学艺术类好书，往往是文科出身的编辑编的。若自己不"厚"一点，就当不成好编辑。

斯坦福大学校长坦言中国留学生缺乏学术探讨激情，他所针对的主要是中国留学生中的文科生。

文科生最短的短板是阅读量少，最令人遗憾的问题是不动脑，对讨论无兴趣，只在乎考研究竟考什么——在此点上，也体现为"精致的功利主义"。

而学习方面的"精致的功利主义"是误人害人的。短期内会尝到点儿甜头，长远看害多益少。

我一向认为汉语言文学专业学子的底线能力是评论能力。无此能力，也几乎等于白学。而有此能力，当中学语文老师都会当得好一些。评论的能力若有所延展，几乎对一切文艺现象都可发表非人云亦云的真知灼见。

我从没为别人开过书单，就要退休了，冒昧向大家推荐几本书吧：

《哈佛极简中国史：从文明起源到 20 世纪》——[美] 阿尔伯特·克雷格；

《美国简史》——王毅；

《论中国人的修养》——蔡元培；

《中国人的气质》——[美] 明恩溥（这本书的人文认识价值并不大，只作为蔡元培先生的书的对比书推荐）；

《白话文学史》——胡适；

《西方美术史话》——迟轲；

《中国哲学简史》——冯友兰；

《等待戈多》——[爱尔兰] 萨缪尔·贝克特；

《分裂的天空》——[德] 克里斯塔·沃尔夫；

《地下室手记》——[俄] 陀思妥耶夫斯基；

《犀牛》——[法] 尤金·尤涅斯库

再推荐几部电影：

《血战台儿庄》；

《莫斯科保卫战》；

《战马》；

《钢琴家》；

《海上钢琴师》；

《楚门的世界》；

《西蒙妮》；

《罗拉快跑》；

《教父》；

《卢旺达饭店》：

动画片《夏洛特的网》；

儿童电影《北极大冒险》；

《疯狂的麦克斯》(1、2)

留三道思考题，有感觉的同学，可试着写写短评：

1. 为什么会推荐你们看《疯狂的麦克斯》？

2. 从网上搜出阿尔塔米拉的山洞中的岩画《受伤的野牛》与亚述时期的浮雕《濒死的雄狮》——凝视地看，问自己除了已有评论，还看出了什么？

3. 对比法国名画《自由引导人民》，看珂勒惠支的《农民战争》，问自己发现了什么？

欣赏西方油画《拾穗》《石工》《收割者的报酬》《垛草》《不相称的婚姻》《死刑囚徒》《伏尔加纤夫》，联想点与文艺有关的现象……

至于国产影视作品，你们看得肯定比我多，不荐了。

最后，我希望此届文学专业新生中，有人在考虑论文时，确定有几篇与歌曲有关的选题——1980 年至 1990 年的，1990 年至 2000 年的，2000 年至 2010 年的……

先有三篇即可——文学专业不必非局限于文学，当然可以向文艺现象拓展视野。那三个时期的歌曲现象，时代认知元素极其丰富。我早与学校打过招呼，本科论文完全可以写的。

若果有同学写了，我那时虽已退休，仍会参加答辩评审。

要对你们说的很多，且收笔吧！

希望大家爱北语。

祝大家在北语的学子人生愉快，收获大些……

亲爱的同学们：

之前已有另一种形式的寄语了，校领导们希望再以此种方式，代表老师们对大家表示欢迎。由我来代表，并不意味着别的，主要因为我是在职老师中年龄最长者。学校前几天开过一次对老师们的表彰大会，有一份受表彰者的名单；那份名单证明，北语有一批中青年教师，在专业方面卓有成就，获得过各类学术荣誉。所以我首先要对大家说的是——今后要认真听各科老师的课，虚心向他们求知问学。

学习之事，固然有方法可言，但前提是自觉二字。对于大学生，自觉之有无尤为重要。大学老师不可能像小学、初中、高中老师那样对学生督促再三，那是对孩子的教诲之道。即使一名高中生，也每被家长和老师叫作"这孩子"。而高中生一经成为大学生，身份顿然转变，从此不再是孩子，而老师也终究不是家长。所以，请大家忘记自己是孩子，那已是曾经之事，或曰人生历史了。故，学习之自觉，应是大学生之本能意识。有此意识，诸位就不但会学到专业知识，还会学到专业以外的方方面面的知识，包括学习做一个好人。

天生的好人是有的，不多。更多的好人是学着做的必然结果。已成为大学生还要学做好人，有点晚，却并不为时甚晚。

1949年10月1日的天安门城楼上，有一位着长衫，白髯及胸的老人，是当年中国民主同盟的主席张澜先生。

他不但是一位伟大的民主人士，还是一位教育家。他曾对他的学生们提出过"四勉一诚"：

人不可以不自尊，人不可以不自爱，人不可以不自强，人断不可以自欺。

德高望重的人也是会受到攻讦的。某乡绅不失一切时机地造谣，诬蔑他。学生们愤慨至极，写打油诗反击，并且贴在对方门外，以示正义。张澜先生肃然地命学生们亲往揭去，并向对方当面赔礼道歉。

他说："否则，我们与对方没有什么不同了。"

我希望大家记住——受过高等教育的人，应与无此幸运的人有所不同。这不同不但要体现在知识方面，还应体现在做人方面。并且，成为父母后，尤应将这不同，言传身教给下一代。那么，很多年以后，在欢迎新生的仪式上，大学老师就不必讲这些了。

大学生要养成爱讨论的习惯。

一所大学怎样，也要看其是否具有讨论的氛围。此氛围不能由老师们单方面形成，主要靠学生。有些话题不值得介入，是垃圾话题。你们要善于将垃圾话题阻于宿舍以外，自己更不要做带入校园的人。

给大家留两个思考题：

自尊与自爱有什么区别？

自信与自欺又不同在何处？

我已为你们开过一份人文知识常识性书单，再加一本书——《我还是想你，妈妈》。

看此书需特坚强的心理。老实说我没看完，并且不打算看完了，因为我的心理不那么坚强。大家也不必非看完，看三五篇即可——"二战"中法西斯军队的罪恶，远比人们已知的要深重。

我们正处在一个被影像文化所包围的时代，也处在一个很容易被声色效果所异化的时代。连我有时都不禁暗想——看来文字影响人心的时代，确实将要翻过去了。

以上一部书告诉我——我错了。不是那样的。对于人类之心灵，文字仍具有影像和声色效果每每不及的影响力。没有影像，没有声音，没有色彩和气味，没有任何会使我们的视网膜产生强烈反应的元素——只不过是印在白纸上的普通词句，孩子般的回忆式话语，竟会使人心受到经久难平的震撼，多么不寻常的事啊！

我要大家读此书，也是希望在此影像与声色几成污染的时代，唤起大家对文字的尊敬和热爱。

我也要再向大家推荐两部电影——《心灵捕手》和《跳出我天地》，网上就可以看到的。如果有同学已成了只喜欢看炫特技的大片的人，因而看不下去，那么要问一下自己，怎么就变成了这么一种人。

大学生不是喜欢看什么才看什么的人。

大学生是清楚自己也应看什么的人。

建议同学们看过后讨论一下，如果自己是评委，在《摔跤吧！爸爸》与《跳出我天地》之间，投票时是否会毫不犹豫。

我并不排斥特技，《星球大战3：绝地归来》我也是要看的，据说体现了新思维，眼见为实。

我建议大家看一下《疯狂的麦克斯》。

有同学一定不解为什么？

估计大家也不知有什么可讨论的。

现在我提示几点：

片中之男人们的发式，都类似朋克们的发式。

朋克是20世纪70年代中期的青年现象，之后影响波及方方面面的文艺，产生了朋克文化现象。

当年现实中的朋克青年，其实多是曾经的文艺青年，总体上待人彬彬有礼，有的还很腼腆，容易害羞——在影片中，世纪末的朋克，发式相似，但已总体上是暴力主义者。估计很文化的朋克或死于恶劣的生存环境，或被他们杀死了。

当代人类是现在这个样子，乃文化所化千余年的结果，主要变化发生在近代二百余年内。但若退化回去，也许几年的时间就够了。

片中还有一个小孩子，他已极具攻击性，变得和野人的孩子一样野了。

将后朋克文艺与无厘头文艺比较一下，是有讨论意义的。

联想一下《功夫》一片的结尾，看能比较出什么思想火花。

最后我要说，喜欢或不喜欢什么，这是感觉之事；而主张或反对什么，是思想之事、文化之事——我们正处于文化文艺现象芜杂多变的时代，倘不勤思，确实的，有文凭了，也许还会是思想盲从、无独立见解之人。

愿大家在北语培养起思考的习惯！

感　激

有一种情愫叫作感激。

有一句话是"谢谢"。

在年头临近年尾将终的日子里，最是人忙于做事的时候。仿佛有些事不加紧做完，便是一年的遗憾似的。

而在如此这般的日子里，我却往往心思难定，什么事也做不下去。什么事也做不下去我就索性什么事也不做。唯有一件事是不由自主的，那就是回忆。朋友们都说这可不好，这就是怀旧呀，怀旧更是老年人的心态呀！

我却总觉得自己的回忆与怀旧是不太一样的。总觉得自己的回忆中有某种重要的东西。它们影响着我的人生，决定着我的人生的方方面面是现在的形状，而不是另外的形状。

有一天我忽然明白了，我之所以频频回忆实在是因为我内心里渐渐充满了感激。这感激是人间的温情从前播在一个少年心田的种子。我由少年而青年而中年，那些种子就悄悄地如春草般在我心田上生长……

我感激父母给我以生命。在我将孝而未来得及更周到地尽孝的年龄，他们先后故去，在我内心里造成很大的两片空白。这是任什么别的事物都无法填补的空白。这使我那么忧伤。

我感激我少年记忆中的陈大娘。她常使我觉得少年的自己曾有两位母亲。在我们那个大院里我们两家住在最里边，是隔壁邻居。她年轻时就守寡，靠卖冰棍拉扯两个女儿一个儿子长大成人。童年的我甚至没有陈大娘家和我家是两户人家的意识区别。经常的，我闯入她家进门便说："大娘，我妈不在家，家里也没吃的，快，我还要去上学呢！"

于是大娘一声不响放下手里的活，掀开锅盖说："喏，就有俩窝窝头，你吃一个，给正子留一个。"——正子是他的儿子，比我大四五岁，饭量也比我大得多。那正是饥饿的年代，而我却每每吃得心安理得。

后来我们那个大院被动迁，我们两家分开了。那时我已是中学生，下午班。每提前上学，去大娘家。大娘一看我脸色，便主动说："又跟你妈赌气了是不是？准没在家吃饭！稍等会儿，我给你弄口吃的。"

仍是饥饿的年代。

我照例吃得心安理得。

少不更事，从不曾对大娘说过一个谢字。甚至，心中也从未生出过感激。

有次，在路口看见卖冰棍的陈大娘受恶青年的欺负，我像一条凶猛的狼狗似的扑上去和他们打，咬他们的手。我心中当时愤怒到极点，仿佛看见自己的母亲受到欺辱……

那便算是感激的另一种方式，也仅那么一次。

我下乡后再未见到过陈大娘。

我落户北京后她已去世。

我写过一篇小说是《长相忆》——可我多愿我表达感激的方式

不是小说，不是曾为她和力不能抵的恶青年们打架，而是执手当面地告诉她——大娘……

由陈大娘于是自然而然地忆起淑琴姐。她是大娘的二女儿，是我们那条街上顶漂亮的大姑娘，起码在我眼里是这样。我没姐姐，视她为姐姐。她关爱我，也像关爱一个弟弟。甚至，她谈恋爱，去公园幽会，最初几次也带上我，充当她的小伴郎。淑琴姐之于我的人生的意义，在于使我对于女性从小培养起了自认为良好的心理。我一向怀疑"男人越坏，女人越爱"这种男人的逻辑真的有什么道理。淑琴姐每对少年的我说："不许学那些专爱在大姑娘面前说下流话的坏小子啊！你要变那样，我就不喜欢你了！"——男人对女人的终生的态度，据我想来，取决于他有没有幸运在少年时代就获得到种种非血缘甚至也非亲缘的女人那一种长姐般的有益于感情质地形成的呵护和关爱，以及从她们那儿获得怎样的潜移默化的教育。我这个希望自己有姐姐而并没有的少年，从陈大娘的漂亮的二女儿那儿幸运地都获得到过。似姐非姐的淑琴姐当年使我明白——男人对于女人，有时仅仅心怀爱意是不够的，而加入几分敬意是必要的。淑琴姐令我对女性的情感和心理从小是比较自然的，也几乎是完全自由的。这不仅是幸运，何尝不是幸福？

细细想来，我怎能不感激淑琴姐？

她使当年是少年的我对于女性情感呵护和关爱的需要，体会到温馨、饱满又健康的获得。

一九六二年我的家加入了另一个区另一条街上的另一个大院。一个在一九五八年由女工们草草建成的大院，房屋的质量极其简陋。九户人家中七户是新邻居。

那是那一条街上邻里关系非常和睦的大院。

这一点不唯是少年的我的又一种幸运，也是我家的又一种幸运。

邻里关系的和睦，即或在后来的"文革"时期，也丝毫不曾受外界骚乱的滋扰和破坏。我的家受众邻居们帮助多多。尤其在我的哥哥精神分裂以后，倘我的家不是处在那一种和睦的互帮互助的邻里关系中，日子就不堪设想了。

我永远感激我家当年的众邻居们！

后来，我下乡了。

我感激我的同班同学杨志松，他现在是《大众健康》的主编。在班里他不是和我关系最好的同学，只不过是关系比较好的同学。我们是全班下乡的第一批。而且这第一批只我二人。我没带褥子，与他合铺一条褥子半年之久。亲密的关系是在北大荒建立的。有他和我在一个连队，使我有了最能过心最可信赖的知青伙伴。当人明白自己有一个在任何情况之下都绝不会出卖自己的朋友的时候，他便会觉得自己有了一份特殊的财富。实际上他年龄比我小几个月。我那时是班长，我不习惯更不喜欢管理别人，小小的权力和职责反而使我变得似乎软弱可欺。因为我必须学会容忍制怒。故每当我受到挑衅，他便往往会挺身上前，厉喝一句是——"干什么？想打架吗？！"

我也感激我另外的三名同班同学王嵩山、王志刚、张云河。他们是"文革"中的"散兵游勇"，半点儿也不关心当年的"国家大事"。下乡前我为全班同学做政治鉴定，我力陈他们其实都是政治上多么"关心国家大事"的同学，唯恐一句半句不利于肯定他们"政治表现"的评语影响他们今后的人生。为此我和原则性极强的年轻的军宣队班长争执得面红耳赤。他们下乡时本可选择去离哈尔滨近些的师团，但他们专执一念，愿望只有一个——我和杨志松在哪儿，他们去哪儿。结果被卡车在深夜载到了兵团最偏远的山沟里。见了我和杨志松的面，还都欢天喜地得忘乎所以。

他们的到来，使我在知青的大群体中，拥有了感情的保险箱，而且，是绝对保险的。在我们之间，友情高于一切。时常，我脚上穿的是杨志松的鞋；头上戴的是王嵩山的帽子；棉袄可能是王玉刚的；而裤子，真的，我曾将张云河的一条新棉裤和一条新单裤都穿成旧的了。当年我知道，在某些知青眼里，我也许是个喜欢占便宜的家伙。但我的好同学们明白，我根本不是那样的人。他们格外体恤我舍不得花钱买衣服的真正原因——为了治好哥哥的病，我每月尽量往家里多寄点儿钱……

后来杨志松调到团部去了。分别那一天他郑重嘱咐另外三名同学："多提醒晓声，不许他写日记，开会你们坐一块儿，限制他发言的冲动。"

再后来王嵩山和王玉刚调到别的师去了。张云河调到别的连当卫生员去了。

一年后杨志松上大学去了……

我陷入了空前的孤独……

此时我有三个可以过心的朋友——一个叫吴志忠，是二班长；一个叫李鸿元，是司务长；还有一个叫王振东，是木匠。都是哈尔滨知青。

他们对我的友情，及时填补了由于同班同学先后离开我，对我的情感世界造成的严重塌方……

对于我，仅仅有友情是不够的。我是那类非常渴望思想交流的知青。思想交流在当年是很冒险的事。我要感激我们连队的某些高中知青。和他们的思想交流使我明白——我头脑中对当年现实的某些质疑，并不证明我思想反动，或疯了。如果他们中仅仅有一人出卖了我，我的人生将肯定是另外的样子。然而我不曾被出卖过。这是很特殊的一种人际关系。因为我与他们，并不像与我的四名同班同学一样，彼此有着极深的感情作为关系的前提和基础。在我，近乎人性的分裂——感情给我的同班同学，思想却大胆地仅向高中知青们坦言。他们起初都有些吃惊，也很谨慎。但是渐渐地，都不对我设防了。"九·一三"事件以后，我和他们交流过许多对国家，当然也是对我们自身命运的看法。

真的，我很感激他们——他们使我在思想上不陷于封闭的苦闷……

我还感激我的另外两名好同学——一个叫刘树起，一个叫徐彦。刘树起在我下乡后去了黑龙江省的饶河县插队；徐彦因母亲去世，妹妹有病，受照顾留城。一般而言，再好的中学同学，一旦天南地北，城里农村，感情也就渐渐淡了。即或夫妻，两地分居久了，还会发生感情变异呢！

但我和他们二人之间的感情，却相当不可思议地，因了分离而感情越深。凡三十余年间，仿佛在感情上根本就不曾被分开过。故我每每形容，这是我人生的一份永不贬值的"不动产"。

我感激我们连队小学校的魏老师夫妻。魏老师是一九六六年转业北大荒的老战士，吉林人。他妻子也是吉林人。当年他们夫妻待我如兄嫂。说对我关怀备至丝毫也不夸大其词。离开北大荒后我再未见到过他们。魏老师一九九五年已经病故，我每年春节与嫂子通长途问安……

一九七二年我调到了团部。

我感激宣传股的股长王喜楼。他是现役军人，十年前病故。他使宣传股像一个家，使我们一些知青报道员和干事如兄弟姐妹。在宣传股的一年半对我而言几乎每天都是愉快的。如果不是每每忧虑家事，简直可以说很幸福。宣传股的姑娘们个个都是品貌俱佳的好姑娘，对我也格外友好，友好中包含着几分真挚的友爱。不知为什么，殷里的同志都拿我当大孩子。仿佛我年龄最小，仿佛我感情最脆弱，仿佛我最需要时时予以安慰。这可能由于我天性里的忧伤，还可能由于我在个人生活方面一向瞎凑合。实事求是地说，我受到几位姑娘更多的友爱。友爱不是爱，友爱是亲情之一种。当年，那亲情营养过我的心灵，教会我怎样善待他人……

我感激当年兵团宣传部的崔干事。他培养我成为兵团的文学创作员。他对于改变我的人生轨迹起重要的作用。他就是我的小说《又是中秋》中的"老隋"。

他现因经济案被关押在哈尔滨市的监狱中。

虽然他是犯人，我是作家——但我对他的感激此生难忘。如果他的案件所涉及的仅是几万，或十几万，我一定替他还上。但据说二三百万，也许还要多，超出了我的能力。每忆起他，心为之怆然。

我感激木材加工厂的知青们——当我被惩处性地"精简"到那里，他们以友爱容纳了我，在劳动中尽可能地照顾我。仅半年内，就推荐我上大学。一年后，第二次推荐我。而且，两次推荐，选票居前。对于从团机关被"精简"到一个几乎陌生的知青群体的知青，这一般情况下是根本没指望的。若非他们对我如此关照，我后来上大学就没了前提。那时我已患了肝炎，自己不知道，只觉身体虚弱，但仍每天坚持在劳动最辛苦的出料流水线上。若非上大学及时解脱了我，我的身体某一天肯定会被超体能的强劳动压垮……

我感激复旦大学的陈老师。这位生物系抑或物理系的老师的名字我至今不知。实际上我只见过他两面。第一次在团招待所他住的房间，我们之间进行了一个多小时的谈话，算是"面试"。第二次在复旦大学。我一入学就住进了复旦医务室的临时肝炎病房。我站在二楼平台上，他站在楼下，仰脸安慰我……

任何一位招生老师，当年都有最简单干脆的原则和理由，取消一名公然嘲笑当年文艺现状知青入学的资格。陈老师没那么做。正因为他没那么做，我才有幸终于成了复旦大学的"工农兵学员"——而这个机会，对我的人生，对我的人生和文学的关系，几乎是决定性的。

如果说，我的母亲用讲故事的古老方式无意中影响了我对故事的爱好，那么——崔长勇，木材加工厂的知青们，复旦大学的陈老师，这三方面的综合因素，将我直接送到了与文学最近的人生路口。他们都是那么理解我爱文学的心。他们都是那么无私地成全我。如果说，"在所谓人生的紧要处其实只有几步路"这句话是正确的，那么他们是推我跨过那几步路的恩人。

我感激当年复旦大学创作专业的全体老师。一九七四年至一九七七年，是中国政治风云变幻莫测的三年。我在这样的三年里读大学，自然会觉压抑。但于今回想，创作专业的任何一位老师其实都是爱护我的。翁世荣老师，秦耕老师，袁越老师又简直可以说对我关怀备至。教导员徐天德老师在具体一二件事上对我曾有误解。但误解一经澄清，他对我们一如既往地友爱诚恳。这也是很令我感激的……

我感激我的大学同学杜静安、刘金鸣、周进祥。因为思想上的压抑，因为在某些事上受了点儿冤屈，我竟产生过打起行李一走了之的念头。他们当年都曾那么善意又那么耐心地劝慰过我。所谓"良言令人三月暖"。他们对我的友爱，当年确实使我倍感温暖。我和小周，又同时是入党的培养对象。而且，据说二取一。这样的两个人，往往容易离心离德，终成对头。但幸亏他是那么明事明理的人，从未视我为妨碍他重要利益的人。记得有一天傍晚，我们相约了在校园外散步，走了很久，谈了很多。从父母谈到兄弟姐妹谈到我们自己。最后我们达成了这样的共识——我们天南地北走到一起，实在是一种人生的缘分，我们都要珍惜这缘分。至于其他，那非是我们自己探臂以求的，我们才不在乎！从那以后到毕业，我们对入党之事超之度外，彼此真诚，友情倍深……

我感激北影。我在北影的十年，北影文学部对我任职于电影厂而埋头于文学创作，一向理解和支持，从未有过异议。

我感激北影十九号楼的众邻居。那是一幢走廊肮脏的筒子楼，我在那楼里只有十四平方米的一间背阴住房。但邻居们的关系和睦又热闹，给我留下许多温馨的记忆……

我也感激童影。童影分配给了我宽敞的住房，这使我总觉为它做的工作太少太少……

我感激王姨——她是母亲的干姊妹。在我家生活最艰难的时日，她以女人对女人的同情和善良，给予过母亲许多世间温情，也给予过我家许多帮助……

我感激北影卫生所的张姐——在父亲患癌症的半年里，她次次亲自到我家为父亲打针，并细心嘱我怎样照料父亲……

我感激北影工会的鲍婶，老放映员金师傅，文学部的老主任高振河——父亲逝世后，我已调至童影，但他们却仍为父亲的丧事操了许多心……

我甚至要感激我所住的四号楼的几位老阿姨们。母亲在北京时，她们和母亲之间建立了很深的感情，给了母亲许多愉快的时光……

我还要感激我母亲的干儿女单雁文、迟淑珍、王辰锋、小李、秉坤等等。他们带给母亲的愉快，细细想来，只怕比我带给母亲的还多……

我还要感激我哥哥的初中班主任王鸣歧老师。她对哥哥像母亲对儿子一样。哥哥患精神病后，其母爱般的老师感情依然，凡三十余年间不变。每与人谈及我的哥哥，必大动容。王老师已于去年病逝……

我还要感激我的班主任孙荏珍老师，以及她的丈夫赵老师——当年她是我们的老师时才二十二三岁。她对我曾有所厚望。但哥哥生病后，我开始厌学，总想为家庭早日工作。这使她一度对我特别失望。然恰恰是在"文革"中，她开始认识到我是她最有独立思想的学生，因而我又成了她最为关心的几个学生之一……

我还要感激我哥哥的高中同学杨文超大哥。他现在是哈尔滨一所大学的教授。我给弟弟的一封信，家乡的报转载了。文超大哥看后说——"这肯定无疑是我最好的高中同学的弟弟！"于是主动四处探问我三弟的住址，亲自登门，为我三弟解决了工作问题——事实上，杨文超、张万林、滕宾生，加上我的哥哥，当年也确是最要好的四同学。曾使他们的学校和老师引以为荣。同学情深若此，不枉同学二字矣！

我甚至还要感激我家当年社区所属派出所的两名年轻警员——一姓龚，一姓童。说不清究竟由于什么原因，他们做片警时，一直对母亲操劳支撑的一个破家，给予着温暖的关怀……

还有许许多多我应该感激的人，真是不能细想，越忆越多。比如哈尔滨市委前宣传部长陈风珲，比如已故东北作家林予，都既不但有恩德于我，也有恩德于我的家。

在一九九八年底，我回头向自己的人生望过去，不禁讶然。继而肃然，继而内心里充满一大片感动！——怎么，原来在我的人生中，竟有那么多那么多善良的好人帮助过我，关怀过我，给予过我持久的或终生难忘的世间友爱和温情吗？

我此前怎么竟没意识到？

这一点怎么能被我漠视？

没有那些好人，我将是谁？我的人生将会怎样？我的家当年又会怎样？我这个人的一生，却实际上是被众多的好人，是被种种的世间温情簇拥着走到今天的啊！我凭什么获得着如此大幸运而长久以来麻木地似乎浑然不觉呢？亏我今天还能顿悟到这一点！这顿悟使我心田生长一派感激的茵绿草地！生活，我感激你赐我如此这般的人生大幸运！我向我人生中的一切好人深鞠躬！让我借歌中唱的一句话，在一九九八年底祝好人一生平安！我想——心有感激，心有感动，多好！因为这样一来，人生中的另外一面，比如嫌恶、憎怨、敌意、细碎芥蒂，就显得非常小器、浅薄和庸人自扰了……再祝好人一生平安！

也 许 是 错 过 的 缘

　　小学六年级以前，只知道中国有南方，不知道中国有上海。后来知道中国有上海了，是从大人们口中才知道的。因为当年最好的手表是"上海"牌，最好的自行车是上海出产的"凤凰"牌，最好的缝纫机是上海出产的"蜜蜂"牌，好像一个时期内曾改为"蝴蝶"牌，而最好的收音机也是上海出产的。大人们谈起最好的什么什么的时候，话里话外总是离不开上海。按今天的说法，这该被认为是上海的"广告效应"了，尽管当年中国最好的东西并不大做广告，但上海毕竟是一个与我无关的地方，正如当年最好的东西并非许多城市贫民家庭敢奢望、敢向往的……

　　后来知道上海是一座很大的城市了，从电影知道。首先自然是《霓虹灯下的哨兵》，还有《战上海》，还有《不夜城》。觉得上海真是中国资本家最多的城市。当然也觉得上海人嘛，多多少少的，肯定都是受到过南京路上资产阶级香风的熏染，肯定都是不同程度地有点儿"资产阶级做派"的。记得我们那条街上有一家的新媳妇是上海人，也可能并不是上海人，只不过是上海附近某小县城的人。但她自己却希望被看成上海人，结果使我们一些刚上中学的孩子，觉得她正像《霓虹灯下的哨兵》中企图腐蚀赵大大和排长陈喜的"资产阶级女人"。常恶作剧地冲她背后喊"拜拜"，气得她哭过好几次。她的公公婆婆还为此找过我们的家长，郑重严肃地告过我们的状……

"文革"中，北方的"红卫兵"，选择"大串联"的第一目标城市是北京，第二便是上海。不管实际上去没去成上海，没有内心里不曾希望去成的……

我例外。极少有像我一样的"红卫兵"，已到了北京却不去上海，因为我的父亲当年在成都。和我最好的同学也不愿因陪伴我而放弃去上海的冲动，所以我是很孤独地登上开往成都的列车的。

像众所周知的那样，两年后我下乡了。一天，连队里来了一批二十几个上海男女知青。过了一年，又来了第二批。我生平第一次与一些和我同龄的上海人成了"知青战友"。我曾是男一班班长，我的班里就分到了几名上海知青。

上海知青改变了我对上海人的间接的成见。我对上海女知青比对上海男知青的印象好。上海男知青们劳动中普遍有点儿拈轻怕重似的。但后来我对他们这一点成见也改变了，不再认为他们普遍地如此了。因为连队里有几名上海男知青为人挺诚恳，也较有正义感，劳动中不怕苦不怕累的。最主要的，那仿佛是出于自觉，而不是出于什么强烈的自我表现意识。与他们相比，当年倒是我自己往往有太强的自我表现意识。

在到黑龙江生产建设兵团去的全国各地的知识青年中，我始终认为，就整体评价而言，上海女知青们是尤其令我钦敬的。都认为上海人说的永远比干的漂亮，这话其实欠公道。我当年见识过不少善于夸夸其谈的女知青。有哈尔滨的，有北京的，有天津的，可在我的记忆中，却没有一个上海女知青是那样的。她们似乎永远是最服从分配听从指挥的。她们任劳任怨；她们也极少搬弄口舌，传播什么流短蜚长；受了委屈往往并不反应激烈，并不表示"是可忍，孰不可忍"的抗议。而且，在最初的几年里，她们似乎总怕受到不公平的伤害。除了她们中容貌美好的格外引人注意，大多数的她们，其实乃是知青中最自甘寂寞的。这可能由于她们普遍比别的城市的知青小两三岁的原因吧？普遍的她们最少知青特有的种种政治野心。普遍的她们很善良，温柔又善良。包括她们中的标兵，比如我当年的副指导员许凤英，我们师的知青模范戴红珠，都是些好姑娘。她们当年的荣誉——如果那仍不失为荣誉的话，是她们当年通过苦干获得的，绝非是靠大"侃"革命理论"侃"到的。如今想来，我对她们的钦敬，在较大程度上是同情啊……

我做梦也不曾想到过我居然会跨入复旦大学的校门。成为复旦的学生，对我是太意外的机遇，太大的幸运。

我是复旦中文系家境很穷的学生之一，三年内只探过一次家。我的老师们对我很好，很爱护我。其中袁越老师和秦耕老师对我的关怀，实在不是"师生情谊"四个字可以包容的。翁世荣老师和辅导员徐天德对我也是极为友善的。因某几个同学存心制造的一些小事端，因当年复旦特殊的政治背景和氛围，我受过一些委屈，于今想来，不过是小委屈，实在不值得耿耿于怀。然而我毕业前后，尤其"四人帮"粉碎后，确曾耿耿于怀过。现在，四十四岁的我，忆起往事，心中只存一片温馨，不复再有任何积怨。我很想念我的袁越老师，也很想念我的秦耕老师和翁世荣老师。不知他们是否仍在教学。我想借此机会对他们说——老师们，我永远感激你们！在非常的年代里，在非常的大学生活中，没有你们给予我种种关怀，种种勉励，我是读不完我的大学的。徐天德老师其实只比我年长一二岁。他总亲切地叫我"大梁"。除了在什么郑重的场合点名，他几乎就没叫过我的完整的姓名。多想再听他叫我一声"大梁"呢。我曾误解过他。我想对他说——"大梁"当年太是个性情耿直的东北小子，你就多多原谅了你的学生"大梁"吧……我仿佛看到他笑了……

我本是可以留在复旦，也是可以留在上海的。老师们都曾劝我留在复旦，起码留在上海。

这是我和上海确曾有过的一种缘。

我自己一心返回我的家乡。没回成家乡，倒成了北京人。

我自己错过了这种缘。这构不成我的悔，但从此我对上海有了种"纤纤情结"……

上海，你如果问我上海最好的是什么——那么让我悄悄告诉你——对我来说，最好的是上海的女孩子和上海的女人们。

我还想悄悄告诉你——我曾很希望有一位上海妻子呢！真的。上海的好姑娘和上海的好女人，也许是中国最善于，最天生地善于慰藉男人心灵的了！我听她们吴侬软语便会平和得像一条浮定在水中的鱼。尽管我应该很惭愧地承认——一句上海话也不会说……

妻自从窥到了我心中的这点儿小秘密，每每对我开玩笑——回你的上海去，回你的上海去！……

倒好像我是上海人似的呢……最后我问上海知青战友刘鸿飞一家好。祝愿他老母亲健康长寿，我在复旦读书时，老人家曾把我当一个儿子似的看待。从北到南，我坚信好人永远比坏人多。而且多极了多极了……

分 房 那 些 事

　　1949 年以前的中国，也是有"福利"分房一说的。当然，能享受到此待遇的人，皆各级政府官员——并非一律有资格，以职务高低和贡献大小而论。

　　进言之，自从有国家以来，分"福利房"的现象，在许多国家便都存在着或变相存在着。不分房，也分地。而分地，意味着一片土地上所存在的森林、河段、地下的矿、地上的大宅，皆为受封之人所有，并且可以世袭。

　　许多人都知道的，英国相府唐宁街 10 号，便是某世英王赐给有功之臣的。只不过对方高风亮节，没要，建议当成议会的永久办公之地，后来成了首相府。

　　1949 年以后的中国，从城市到农村，在接管各级政府，组建政权机构的同时，兴高采烈地所做的事之一也是"分"。

　　"收拾金瓯一片，分田分地真忙"——这是农村之"分"的景象。民以食为天，分田分地乃革命向农民的首诺，便也是革命胜利后全面开展农村工作的首务。解决了农民拥有土地的问题，同时要解决农民的居住问题。连年不断的战争，产生了大批大批的失地农民。农民而无土地，自然亦无居所。如鲁迅笔下的阿 Q，生前每在破庙中过夜。分田分地虽是首务，解决起来反倒相对容易。没有居所的农民众多，单靠将地主富农家的住宅分给他们是解决不过来的，于是寺庙、宗堂、经过改造的戏台，便也成为分给农民的居所。

如果说当年在农村进行的分房也算是一种"福利"分配，那么毋庸讳言，1949年迄今，中国农民仅经历了一次分房。当年的土改工作队，往往也没地方可住，只能在破庙里工作。

20世纪70年代时，中国农村有一位可敬的"支书"，叫王国福，是当年的中央认可的模范"支书"。他的一句名言是"小车不倒只管推"，体现在他要带领农民过上幸福生活的恒心。当年没有"脱贫致富"这种口号。"脱贫"的提法，可能会被认为是对社会主义之成果的否定；而"致富"思想，尤其会被当成资本主义思想予以批判。当年的官方文字表述是——"改造旧社会遗留下来的农村的贫穷落后面貌"，这一长句子，是断不可以缩短为"脱贫致富"四个字的。

而王国福的感人事迹之一是——要使全村人都住上新盖的房子（可以肯定，村民们的房子都不成样子了），在实现这一愿望前，自己家绝不搬出土改时分给他家的长工屋。

另一个毋庸讳言的事实是——在20世纪70年代的中国，只有少数农村的面貌发生了某些方面的改变，大部分农村的农民，仍像王国福那样，住在土改时所分到的居所里。

一个相关联的问题随之而来——二十年过去了，为什么不建砖场，鼓励农民自行烧砖盖住房呢？

不可以的。

农村而建砖场，烧砖还是只为盖住房，将被看成典型的带领农民走资本主义道路的现象。

即使王国福，他带领村人们所盖的也不是砖房，而是土坯房。并且，是顶着压力那么做的。关于应不应树他为模范，北京高层是有分歧，有斗争的。他的事迹终于得以被宣传了，是高层理性思想战胜极"左"思想的一次胜利。

某些过来人之所以对曾经主宰中国的极"左"思想深恶痛绝，原因也恰在于此——当年某些奉极"左"思想为《圣经》的人，他们对人民的愁苦生活是视而不见，极其漠然的。

也正是在 20 世纪 70 年代，周恩来视察延安地区的农村时，被眼见的贫穷景象所震撼，泪洒为他举行的送别宴上，泣曰——延安人民曾养育过我们，他们如今的生活竟是这么的贫穷，我们太对不起他们，拜托了！……

而邓小平，则在全国学大寨工作会议上坦言——在有些农村，农民的生活与旧社会没什么两样，这种情况必须尽快改变，贫穷不是社会主义……

到了 2010 年，又四十年过去了。中国的绝大部分农民，吃饱穿暖不是个事了。农民们的居住情况也发生了明显的变化——这要感谢水泥和砖两样东西，除了少数特贫地区的农村，此时中国大地上的农村住宅，已基本实现了砖瓦化。南方经济繁荣省份的农民，甚至住上了令城里人羡慕的"大别墅"，有些盖得还相当漂亮。城市周边的农民自家根本住不过来，于是出租，月月坐收数目可观的租金，那一般是城市上班族的工资的数倍，每令后者自叹弗如。然而，这绝非分配性质的福利房，而是农民们靠自家财力所建。若非言福利不可，也只能说沾了改革开放的光。

尽管如此，特贫地区的农民们的生活，仍令有所了解的人们感慨唏嘘。时任贵州省委书记的栗战书在对贫困农村进行考察时，曾大动其容地说："用家徒四壁来形容也不算夸张，对农村的扶贫力度必须加强！"

综上所述，我们便明白了这样一点，所谓"福利房"之福利，虽是一个中国概念，与中国农民们却是从来不沾边的——它仅是一个与城市人有关的概念。

当然，此点人皆明了，但有强调之必要。

那么，"福利房"分配，在城市又是如何进行的呢？

新中国成立后，分配住房首先面向的是各级干部，这一点也无须讳言。他们要开始管理和建设国家了，那就得先在城里有各自住的地方——现建是来不及的，房屋都是城市里原有的，无非易主一下而已。

如当时被选为国家副主席的张澜先生，在被敦促举家从四川迁入北京之前，国务院有关部门便要为他一家选择住宅。先生高风亮节，几次推拒，不肯入住较大宅第。后经周恩来亲自动员，以工作需要为劝词，才住进了一处不算太大，自觉住起来会心安一些的宅院。

我的岳父是抗日时期参加工作的"红小鬼"，随部队进入北京后，率人接管了前门箭楼，之后因一时没分到住房，居然有几年以箭楼为家，后来定了行政级别才分到了正式住房。

故可以这样说，新中国的第一次分房，主要是分给各级干部的，房源无一不是原有的。即使科长，也大抵会分到住房。只不过属权归公，人们仅有居住权。

当时之中国的城市，特别是大城市，没有稳定居所的流民甚多。为了便于城市管理，被一批批地劝回或遣送回原籍了。

当时的普通城市老居民，大抵住房狭窄。有的街区，环境脏乱差。新政府一时无力改善，仅能对恶劣的环境进行一定程度的治理——电影《龙须沟》反映了这一举措。在话剧《南京路上好八连》中，也有反映当时上海底层人家居住条件令人同情的片段。故，可以如是想——话剧《骆驼祥子》中的祥子和小福子等底层民众，新中国成立前所住的那处拥挤破败的院子，新中国成立后他们必然还住在那里，直住到1990年以后的房地产业兴起，大拆迁时代来临。而《七十二家房客》中的那些人家，也不可能在1990年之前搬离该幢危楼。

工厂里的工人，虽然总体上被定义为"领导阶级"了，但终究不是革命干部。任何一名具体的工人，也就绝对不可能享受到只有干部才能享受到的任何待遇。在分房一点上，更无例外。

何况，当时之中国，工业落后，真正的工厂工人为数不多。在有的省，有的市，属于"小众"群体，还算不上是城市人民中的多数。政府关怀的温暖，也不可能优先向他们倾斜。

有一点却是可以肯定的——中国工人阶级的工资，从此有了稳定保障。即使某一个月或几个月欠发，补发不成问题。

1955年后，第二个五年计划开始，大力发展工业尤其是重工业、机械制造业提上国家发展日程，工人群体迅速扩大，中大型工厂多了，中国工人的居住状况相应地获得了改善——但新建的中大型工厂一般不在市内，而在市郊。即使出现于市内，也是建在人口相对稀少的非重点区。

于是，中国此后出现了城市工厂区，市郊工业基地。以东三省为例，先后建起了沈阳重型机械厂、长春第一汽车制造厂、富拉尔基工业基地。再以哈尔滨为例，列车制造厂挂牌了，轴承厂挂牌了，量具刃具厂挂牌了，拖拉机制造厂挂牌了，锅炉厂、电机厂也挂牌了。在市郊，出现了香坊工业区、平房工业区、"哈一机"工业区——它实际上是造坦克的军工厂。

又于是，一片片工人宿舍区产生了。

另一方面，教育、科研、医药医疗、新闻出版、文化艺术等单位也长足发展，便不可能不解决骨干队伍的居住问题。

在各行各业全面发展的大背景下，中国特色的也是社会主义国家特色的"福利房"分配拉开了帷幕。

工人宿舍，普遍是砖瓦平房。以今天的眼光看来，也普遍建得简陋粗糙，绝大部分没有上下水系统，更不可能有室内卫生间——几十户人家共用一处公厕，公厕尤其简陋粗糙，与今日之城市公厕完全不可相提并论。北方的工人宿舍也无取暖设备，分到宿舍的人家皆砌火炕。面积大抵30平方米左右：一间20平方米的里屋和10平方米的外屋，外屋兼做厨房。以当时的国力和应急做法，只能建成那样。即使在北方，也非所有的工人宿舍都是砖瓦房，所谓"板夹泥"的更简陋粗糙的宿舍不少。当年的分配原则是——四口之家且无大儿大女只能分到一处宿舍；五口以上人家可多分半间小屋，当年的说法是"一间半"。小儿小女总是要长大的，长大了而又迟迟轮不到二次调房，居住情况就特别尴尬。通常是长大了的孩子住到外屋去，故"50后"普通工人的儿女，许多人是每晚睡在厨房度过青春多梦期的。而若一户工人之家有一儿一女，儿女之间又只不过相差一两岁，那么或儿子或女儿，每晚就只能与父母同炕而眠了——尴尬就尴尬在此；对父母和儿女，都多有不便。

事业单位因为普遍在市区，所以事业单位的宿舍多是楼房。但也不是每户人家都有室内卫生间，一个单元有一处公厕就不错了，上下层人家共用。好在当年的宿舍楼都不高，一般三四层，最高五层，六层甚少。在那样的楼里，常见令人难以想象的现象——如厕往往也排队。若家有卧床不起的老人、病人或孩子，便也须备有屎盆尿盆。还有的楼房，因为建时做不到配备暖气设施，便也只能靠烧煤做饭取暖——楼道堆满家家户户的煤球，冬季里，楼顶的烟囱终日冒着煤烟。

事业单位知识分子们的分房标准，与工厂的分房标准相一致。

粥少僧多，事业单位和工厂的分房原则，都不可能不论资排辈。而如果事业单位是处以上单位，工厂领导是处以上干部，头头脑脑大抵不参与本单位本工厂的分房，另有条件好的住房分给他们，曰"组织部门分房"。

当年，关于分房的故事或事故，每在民间口口相传，是人们喜谈爱听的话题之一。事故自然是不好的故事，不好的故事往往传播广泛，如跳楼的，好同事好工友之间反目成仇的，持刀威胁领导干部的，精神受刺激疯掉的……从社会心理学上分析，人们喜欢传播那样的事，其实意味着对"公平"二字的重视。

而普遍的情况是，当年的分房基本上是公平的。不论在工厂还是在事业单位，只要分房，必成立各级分房小组，也必走群众评议的民主程序，众目睽睽，而且有论资排辈的种种详细规则在那儿摆着，想搞分房唯亲并不容易。

但同等条件之下，几个人十几个人甚至几十人中，房源有限，分给谁了没分给谁，一碗水端平亦非易事。这时候，分房小组领导对谁的印象如何起决定性作用。而某领导最后一拍板，自己也就陷于引火烧身之境了。

也会出现这样的情况——某人该分到住房实际上又没分到，领导保证下次一定优先考虑某人；某人也颇顾大局，没闹，觉悟很高地期待下次分房。终于盼到了下次，领导换了，比某人更具备分房资格的竞争者产生了，新领导不理前任领导遗留下来的"历史问题"了，某人岂能不大光其火？于是矛盾激化了。

在涨工资的事上，不乏师傅为徒弟争，徒弟为师傅争，不少人为一个人争的例子。那时，"公平"还体现为正义。但，在分房问题上，人人都为自己争，争不到，替自己倍觉委屈成为常态；为他人争，替他人鸣不平的事不能说完全没有，有也不多。毕竟，涨工资

200

所争，无非每月多七八元钱少七八元钱的事。而住房，关乎一家人更基本的生活质量，不由人不争。此次争不到，下次再分是猴年马月？没准的。也可能一辈子都没机会了——这是很多中国人当年在分房时所产生的心理恐慌。情形好比如今上班打卡的人们拥挤向地铁或公交车——想想看，若眼前是最后一班地铁或公交，自己挤不上去，须有多么强的心理素质才会处之泰然？

当年，在分房问题上，劳模、先进生产者，这种那种标兵，有突出贡献者，一向是被优先考虑的。即使不优先，也必加分。而当年的中国人，对劳模特别尊敬，几无攀比之人。

故像王进喜、孟泰、马永顺这样的全国劳模，都是较早住进"福利房"的人。当年的劳模，自我要求甚严，绝无在个人福利方面提任何优待要求的现象。关于他们的一切资料显示，他们的住房标准，与本单位本企业普通工人的住房标准毫无区别。此三位全国著名的劳模中，唯马永顺活到了房改之后。因为他家当年的住房情况就极一般，房改后便无个人益处可言。何况他家所住一直是林区工人的宿舍，如今也根本不值钱的。

因为我父亲是三线工人，母亲和我们几个子女不是随迁家属，我家便从未经历过"福利"分房，所住一向是房产属于私人房东的破败老屋。1960年经历了一次动迁，面积大了几平方米，仍是贫民区简陋粗糙的住房。

1968年我下乡后，连队的老战士多为1966年集体转业的军人，他们所住应算是"福利房"——连队统一建的土坯房，每户一间住屋一间厨房，总面积三十几平方米。指导员参加过抗美援朝，唯他家住屋大几平方米。指导员的儿子和副指导员的弟弟都已是成年人，住在我们男知青宿舍。连长与家属两地分居，所以没住房，与知青通讯员同住连部里间的小屋。

我曾问过指导员——咱们兵团不像农村，可供农民盖住房的土地十分有限。咱们的连队四周是广袤旷野，人们为什么不勤劳一点，将住房盖得大一些呢？你看家家户户的老战士，如果有了儿子，也将父母接来了，都住得多不方便啊！为了改善居住条件，号召大家义务劳动大家也愿意嘛。

指导员的回答是——不是勤劳不勤劳的问题。国家每月给我们发工资，如果我们为了都想住得宽敞点儿，把劲儿用在住房方面，那肯定不对，会受批评受处分的。

确实如此。有的连队，因为将住房盖得大了几平方米，指导员连长双双受处分。还通报批评，以儆效尤。

问题是——我们是在北大荒，不是在城市，不存在公地私占的性质。在极"左"思潮统治人们头脑的时代，任何提高个人生活品质的做法，即使并不侵占国家或集体或他人利益，那也是不允许的。

我从连队调到团部后，见团里干部们的住房条件也不比连里强多少，所住是砖瓦化的平房罢了。我们宣传股股长是现役军人，他家小孩子多，分到的也是一间住屋的住房。他有时嫌家里闹，宁肯在我们知青宿舍借宿。副政委是原农场老干部，三个女儿都已成年，也只不过住在有两间住屋的平房。

如今想来，即使在"广阔天地"，当年那种严格限制住房标准的制度，也不是完全没有其合理性——我们毕竟是生产建设兵团，存在的使命是多收获粮食，倘都比着将个人家园建得好些，全兵团就可能会在一个时期内变成"住房建筑兵团"了。何况，那时是备战年代，兵团地处北疆，战争一旦爆发，再好的家园也会毁于炮火之中。这一点，也决定了人们对住房的要求——能凑合着住就行了。

我上大学后，我复旦老师们的家，也都是一室半的矮层楼房，面积都不超过四十平方米。当年一半左右的老师分不到住房，只能四处租房子住。

那时上海的大龄未婚青年多多，十之八九因为没有婚房结不成婚。有不少对恋人相爱久矣，最终还是因住房问题解决不了，彼此依依不舍而又明智地分手，这一点与如今工作在"北上广深"的外地青年们的处境十分相似。但如今的青年租房已非难事，当年则不同，年轻人的工资普遍才三十几元，而在市区租一处小住屋也得三十元左右，若再有了孩子，日子没法过了。租郊区农民的房子自会便宜些，但当年交通又不发达，班也就上不成了。

当年，只要算是一座城市，都有类似现象——不分男女的某人正上着班，却忽然吞吞吐吐地要请两三个小时的事假——后来当头的心领神会了，特别痛快地同意——夫妻双方约好了，各自按时请假，好赶回家去弥补一次性生活的缺乏。夜夜与非是小孩子的儿女同室而眠，只得白天请假回家满足一次夫妻双方的生理需要。

据说，在上海，在夏季，在某些公园，有夫妻双方带了小帐篷留宿于公园的事。但，须揣上结婚证。否则，被巡逻的公园管理员发现了，也许会被双双扭送到派出所去。

我从复旦毕业分配到北京电影制片厂后，因没有宿舍床位安排我住，我只能在招待所住了半年。半年后，破例分给了我一间11平方米的小屋，在筒子楼内。所以破例，乃因我占了招待的一张床，影响招待所收入。

多年内，那小屋成为我的家，儿子在那个小家一直成长到上小学。

我在北影经历了第一次分房，我家由筒子楼的这一头搬到了那一头，面积也由11平方米扩大到了14平方米。此次分房，得益于老艺术家们。此前，谢添、陈强、于洋等老艺术家，也都住在小西天太平胡同的大杂院的老平房里，那些平房潮湿阴暗，终年缺少阳光，而且，他们的住房面积也都不大。北影遵照文化部指示，首先为他们盖了一幢"老艺术家楼"。而于洋由于当年还不老，竟无那幸运，仅搬入了一套70余平方米的小三居旧楼中。老艺术家们的住房条件一经改善，他们腾出的住房便可分给别人。于是，小范围内的北影人进行了一次住房周转，我成了那次周转的既得利益者。

当年，有两位中年导演是我的朋友——许雷和都郁。他们的爱人，都是芭团主力演员。北影没分给他们房子，他们沾妻子的光，住的是芭团分给她们的结婚房。两位朋友的家我都去过，都14平方米左右。除了张窄双人床，一张小桌两把椅子，再就摆不下别的家具了。那种窄双人床，也可以用如今宽单人床的概念来说。若夫妻双方一方较胖，夜里另一方会经常被挤掉床下。

我的父亲是新中国第一代建筑工人，走南闯北与工友们建过许多楼，退休后又住回到我家在哈尔滨的老房子里了，那房子已下沉了将近半米，窗台快与地面齐平了。

父亲第一次到我北影的家时，感慨良多地说："儿子你有福气呀，刚参加工作就分到了福利房，这是多大幸运啊！"

我也承认自己很幸运，但却是多么脏乱差的筒子楼呀！公共用水池那儿，脏得简直令人望而却步。以至于访问我的日本老翻译家要解手，我带他去到公共厕所后，他在门口往里看了一眼，不肯进入。没辙，我只得再带他走十来分钟去往办公楼——办公楼的厕所相对干净些。

1988年，北影又盖起了两幢没电梯的六层楼，专为中年艺术骨干盖的。这一次，周转的范围大了，竞争也激烈了。握着菜刀、拎着斧头闯领导办公室的事确实发生了——某些势在必得的工人为了多争到一间周转平房失去了理性。而好友都郁恰在那一年病故，没能在新楼里住上一天。

就在那一年，我调入了中国儿童电影制片厂。童影当时是新单位，1982年盖起了一幢六层宿舍楼。我去时，七八对年轻夫妻两家合住一个单元，54平方米；住小间的人家优先使用小小的饭厅，共用厨房厕所。为了对我表示欢迎，童影将留作招待所的一个单元分给了我。而我从北影调往童影，是为了住房相对大点儿。当时我父亲患了癌症，我要将他接到北京治病，并要实现他希望生前与我共同生活一段日子的想法。

我的父亲于1989年秋病故。

童影于1994年又盖起了一幢高层宿舍楼，但只有几层属于童影，是童影出地皮，别的单位投资的互利互惠性质的"合盖"。虽然又有了几层宿舍，仍不够分。当时我还是分房委员会委员，为了化解分房僵局，我竟亲自将童影交给电影局的一把宿舍钥匙要了回来——当年广电总局有规定，各电影厂盖了新宿舍，理应支援电影局几套，帮助局里改善同志们的住房困难问题。当年局里的同志都说——那种事只有梁晓声敢做。

2002年，我调入了北京语言大学。

人事处负责为我办手续的同志问："有住房要求吗？"

我说："没有。"

他说："其实你可以提出要求，趁现在学校还有房源。上次分房保留下来几小套，专为后调入的教师保留的，估计保留不了多久了。"

我仍说："没住房要求。"

20世纪80年代中期，曾有一部获奖电影《邻居》内容是反映高校教师住房窘况的。十四五年过去了，虽然中央加大了解决高校教师住房困难问题的力度，各高校一盖再盖宿舍楼，但高校教师队伍也扩大了几倍，总体情况仍是粥少僧多。

情况是我所了解的。

当时我想，童影厂分给自己的住房已属于厚爱式的待遇了，岂可脸皮太厚，在北语再插一脚？

果不其然，不久便有教师们纷纷找到我，向我申述困难，以种种理由要求增加住房。因我当时已是全国政协委员，他们希望我能替他们主持公平与正义。他们的眼，全都盯着那几套保留房呢。幸而我没要，否则肯定刚一入校就成为众矢之的无疑。

其实，我将他们的申述听下来，所得却是这么一种印象——什么公平啊，什么正义啊，还不是因为粥少僧多吗？在此前提之下，神仙也无法分配得绝对公平合理啊！做不到绝对的公平合理，当然也就遑论绝对正义了！

现而今，所谓"福利分房"早已成为历史，房改也已实行多年。更确切的说法应是——房改终结了"福利分房"这回事。屈指算来，此事曾在中国的城市里断断续续地实行了四十余年，是留在几代中国人头脑中的关于社会主义优越性的最深印象之一。

对房改的是非功过，至今众说纷纭，但一个事实恐怕是——今日之中国，城镇人口已超过农村人口，有七亿几千万之多了。对数量如此庞大的人口依然实行福利分房，中国还做得到吗？

某些对中国持今不如昔之看法的人，每将从前的时代描绘成理想时代，似乎中国人曾经历过比今天幸福指数高的岁月——他们每以福利分房为依据。

然而他们成心避开了这样一点——在 20 世纪 80 年代前，究竟有百分之几的人享受过福利分房的福利？又有百分之多少的人至死也没享受过那种福利？两者之间哪种人多，哪种人少？当年的福利房，对于普通劳动者而言，又只不过是什么样的房？更多的中国人，是否是在 20 世纪 90 年代后，才逐渐分到了较像样子的福利房？而20 世纪 90 年代的中国，是从前的中国呢，还是后来的中国呢？

估计全国平均一下的话，当年可能百分之一都不到的中国人才有幸分到的福利房，是不是后来都成了垃圾房、危房，被一大片一大片地铲除了？再后来，更多的中国人家，是不是在棚户区拆迁中才住进了有上下水和供暖供气设施的楼房？

至于商品房价根本超出了普通百姓人家的购买能力，那是另一个问题。另一个问题要由另外的措施来解决，不能成为今不如昔的论据……

城 市 化 进 程 化 什 么 ？

中国之发展，看目前，忧虑在城市，机遇在城市，挑战亦在城市。看未来，忧虑在农村，机遇在农村，挑战亦在农村——我想，这便是促进农村城市化进程这一国家发展思路形成的初衷吧？

中国不但是世界上人口最多的国家，也是世界上农业人口最多的国家，而且是世界上农业人口比例最大的国家之一。五亿多城市人口和七亿多农村人口结构为人口中国的概念。这意味着，几乎可以说中国是由两个"国家"合并而成的一个人口超级大国——一个正在现代化轨道上高速发展的城市中国；一个还不能完全达到机械化生产水平，小农生产方式比比皆是的农村中国。

这使中国的发展变化呈现撕裂状态。

城市化进程正是要弥合撕裂状态；否则，相比于农村人口仅占百分之几的欧美发达国家，中国不可能真正成为世界强国。

世界的发展也是一个农业的世界向城市的世界发展的过程。这一点究竟对于人类福兮祸兮，至今莫衷一是。有一点却已被事实证明了——哪一个国家的人口最大程度地城市化了，哪一个国家的综合强国指标更高一些。只能这么认为"祸兮福所倚，福兮祸所伏"。

而要使七亿多农村人口变为城市人口，"五年计划"这种计划是不适应的，"五十年计划"还较为现实。即使化七亿多农村人口的一半，那也需要在中国又涌现出六百几十个五十万人口的城市。而五十万人口的城市，在欧美发达国家是中等城市——那将靠多少个"五十年计划"才能实现呢？

故依我看来，"促进农村城市化进程"，首先是促进中国之乡镇的县城化，以及促进中国之县城的规模化。中国之乡镇的数量可用多如牛毛来形容；中国之县城也是世界上最多的。事实上乡镇和县城都在本能地扩大范围，迅增人口。它们是二三亿进入到大城市打工的当代农村青壮人口改变命运，成为城市人口的更实际的选择。

"农村城市化"只不过是一种姑妄言之的说法。农村没有必要城市化，但却一定要使一部分又一部分的农村人口"化"为城市人口。这是一个要由几代人来"化"的过程，大多数当今一代农村人口，只能先"化"为镇县人口。"化"得成功，亦属幸运。

这种"化"，首先要体现在两种人的思想方面——政府官员与向往成为城市人的青壮农民。

第一种人们，不要认为自己的使命仅仅是建设好省城；要替本省长远思考、规划，意识到将来省与省之间比的，肯定不仅仅是省城如何，而是县城面貌怎样？小镇风格怎样？对于本省甚至外省的农民，具有多大落户吸引力？

第二种人们，也就是当下候鸟般的青壮农民，他们也有必要明了——与其自甘作为大城市的弱等市民生存在它的褶皱里，莫如带着在大都市辛辛苦苦挣的钱，赶快相中一个发展前景良好的小镇或县城，趁早置下一处房产，以为打工人生未雨绸缪，妥备退路。别看某些小镇现在小，三十年后也许就是一座美丽县城了；别看某些县城现在不起眼，三十年后也许就出落得令人刮目而视了。

当然，以上是往好了说。这种发展造成什么样的局面状况，例如耕地的滥占，环境的污染，建设的任意性、粗劣性、急功近利性——凡此种，也是要在思想上"化"在前边的。

关 于 读 书

　　散步有益于健康，读书好比大脑的散步。谁都知道，不管工作多忙，也要抽出时间散步的好处。我们的大脑同样需要放松一下。

　　对于我们的大脑，听一曲音乐是放松，欣赏一幅画作是放松，发一会儿呆什么都不想也是放松。许多人以为，读书反而占用了大脑的休息时间。这是认识的误区。

　　我们的大脑与我们的身体不同。

　　身体最好的放松状态是静卧，大脑的放松状态却有两种——一是什么也不想，二是转移一下工作指令，常言所说"换换脑子"。

　　"换换脑子"使大脑产生的愉快反应，超过于什么都不想。什么都不想只不过使大脑接收了停止活动的指令，那并无愉快可言。何况，往往难以做到。"换换脑子"却不同，这意味着用累了的脑区停止活动了，平时不太用到的脑区接收到了散步的指令。这时，只有这时，用累了的脑区才会真的渐渐小憩，而开始散步的脑区产生愉快。

　　我们应对自己的大脑有这样的认知——它分各个区间。脑的疲劳感，不是整体的疲劳感，是某个一直在用的脑区的疲劳感。而另外一些很少用到的脑区，像替补运动员，一直坐冷板凳，它们的生理反应是不愉快的。

我们在散步的时候，通常喜欢静的地方，负氧离子多的地方，有看点可驻足独自欣赏的地方——这恰恰如同读书的情形。

被长期幽禁的脑区在书页的字里行间散步，负氧离子如同好书的元素，某些精彩的段落如同风景，使我们掩卷沉思，而这是脑的享受。不要以为这还是在费脑子——不，这是最好的换换脑子的方式。费脑子是指某一脑区损耗太大，而另外的脑区仿佛没有。

人要经常换换脑子，以包括读书在内的多种方式换换脑子。起码，不应该只换胃口不换脑子。

中国人常羡慕谁有口福，对得起一副胃肠——但世上有那么多好书存在，一个人却几乎一生没看过几本，是否也太没有阅读之福了，太对不起眼睛、大脑、精神和心灵了呢？

所以，不想白活了一辈子的人，在换换脑子时，若能将读书的方式包括在内，肯定会大获益处的。

《人类简史》并非一部21世纪的启蒙之书。尽管此点已被证明是非常需要的，但实际上尚未出现。当然，我们指的是超越以往世纪思想成果的启蒙之书。人类文明发展到今天的程度，问题依然多多，启蒙变得相当不易——"世界平了"一句话，意味着大多数人类的思想几乎处在同一层面了。

在这种情况下，若一部书包含了一定量的知识；并且，作者对于自己所拥有的知识进行了独立思考，提供了某些与众不同的见解，那么便是很值得一读的书了——《人类简史》符合我对书的基本看法，故推荐之。

作者将比较之法运用得特别充分，证明其知识积累范围较广——书中引用了中国古代《风俗通》中女娲造人的神话传说；引用了狄更斯小说的内容；引用了古罗马诗人的《农耕诗》——给我的印象是胸有文学而非仅仅史料的信手拈来性的引用，于是刮目相看。文史重叠乃人类社会发展常态，吾国当代史学家而能兼及文学素养者不多矣。

作者的另一种能力是——极善于将古今予以对比。他不是在进行单纯的线性梳理的讲述，而是不断地将目光从古代、上古代收回，投向现在，于是对比出种种感想，既分析出规律，也显示批判锋芒。

我并不全盘接受书中的思想，对书中的某些思想甚至持反对观点——如"历史虚无主义"、农业社会还不及以"采集"为生存之道的部族时期好等思想；但全书大部分内容所力图说明的思想我是认同的，即，人类的历史不但是曲折地进化的，而且在进化的过程中，所谓新与旧一向是部分重叠的。即使如今已经很现代了，但很古代时期的人类社会的基因现象，仍分明地点点滴滴地存在于很现代的人类社会中，证明所谓"全新的社会"，目前世界上还不曾有。

我推荐此书的主要想法是——希望读者从此书中学会比较的方法；希望读者明白，一个人的知识如果十分有限，便只能在十分有限的格局内对现象进行比较，而这妨碍我们对现象得出较清醒的判断。归根结底，在历史的长河中，一切当下存在都只不过是当下现象而已，一切当下人本身也只不过是当下现象罢了；我们生活在现象中，知识和运用知识所进行的比较之法，有益于我们处理好自身与林林总总的现象的不和谐关系，使我们自身能活在有限度的清醒状态下……

小 说 是 平 凡 的

××同志：

您促我写创作体会，令我大犯其难。虽中断笔耕，连日怔思，头脑中仍一片空洞，无法谋文成篇。屈指算来，终日孜孜不倦地写着，已二十余个年头了。初期体会多多，至今，几种体会都自行地淡化了。唯剩一个体会，越来越明确。说出写出，也不过就一句话——小说是平凡的。

诚然，小说曾很"高级"过。因而作家也极风光过。但都是过去时代乃至过去的事儿了。站在二十一世纪的门槛前瞻后望，小说的平凡本质显而易见。小说是为读小说的人们而写的。读小说的人，是为了从小说中了解自己不熟悉的人和事才读小说的；也是为了从小说中发现，自己以及自己所属的社会阶层的生活形态，在不同的作家看来是怎样的。这便是当代中国现实主义小说和读者之间的主要联系了吧？至于其他当代现实主义以外的小说，自然另当别论。但我坚持的是小说的现实主义和当代性，也就没有关于其他小说的任何创作体会。据我想来，伟大的现实主义的小说，恰恰伟大在它和读者之间的联系的平凡品质这一点上。平凡的事乃是许多人都能做一做的，所以每一个时代都不乏一批又一批写小说的人。但写作又是寂寞的往往需要呕心沥血的事，所以又绝非是谁都宁愿终生而为的事。所以今后一辈子孜孜不倦写小说的人将会渐少。一辈子做一件需要呕心沥血，意义说透了又很平凡的事，不厌倦，不后悔，被时代和社会漠视的情况下不灰心，不沮丧，不愤懑，不怨天尤人；被时代和社会宠幸的情况下不得意，不狂妄，不想象自己是天才，不夸张小说存在的价值和意义，这就很不平凡了。小说家这一种职业的难度和可敬之处，也正在于此。伟大的小说是不多的。优秀的小说是不少的。伟大也罢，优秀也罢，皆是在小说与读者之间平凡又平易近人的联系中产生的……

作家各自经历不同，所属阶层不同，瞩注时代世事的方面不同，接受和遵循的文学观念不同，创作的宗旨和追求也便不同。以上皆不同，体会你纵我横，你南我北，相背相左，既背既左，还非写出来供人们看，徒惹歧议，倒莫如经常自我梳理，自我消化，自悟方圆的好……

然不交一稿，太负您之诚意，我心不安。权以此信，啰唆三四吧！

我以为一切作家的"创作体会"之类，其实都是极个人化的。共识和共性当然是存在的。但因为是"共"的"同"的，尤其没有了非写出来的必要和意义。恰恰是那极"个人化"的部分，极有歧异的体会，对于张作家或李作家自己，是很重要的，很难被同行理解的，同时也是区别于同行的根本。它甚至可能是偏颇执拗的……

我写我认为的小说

文学是一个大概念，我似乎越来越谈不大清。我以写小说为主。我一向写我认为的小说。从不睥视别人在写怎样的小说。文坛上任何一个时期流行甚至盛行的任何一阵小说"季风"，都永远不至于眯了我的眼。我将之作为文坛的一番番景象欣赏，也从中窃获适合于我的营养。但欣赏过后，埋下头去，还是照写自己认为的那一种小说。

我认为的那一种小说，是很普通的，很寻常的，很容易被大多数人读明白的东西。很高深的，很艰涩的，很需要读者耗费脑细胞去"解析"的小说，我想我这辈子是没有水平去"创作"的。

我从小学五六年级起就开始读小说。古今中外，凡借得到的，便手不释卷地读，甚至读《聊斋》。读《聊斋》不认识的字太多，就翻字典。凭了字典，也只不过能懂个大概意思。到了中学，读外国小说多了。所幸当年的中学生，不像现在的中学生学业这么重，又所幸我的哥哥和他高中的同学们，都是小说迷，使我不乏小说可读。说真话，中学三年包括"文革"中，我所读的小说，绝不比我成为作家以后读得少。这当然是非常羞愧的事。成了作家似乎理应读更多的小说才对。但不知怎么，竟没了许多少年时读小说那种享受般的感受。从去年起，我又重读少年时期读过的那些世界名著。当年读，觉得没什么读不懂。觉得内中所写人和事，一般而言，是我这个少年的心灵也大体上可以随之忧喜的。如今重读，更加感到那些名著品质上的平易近人。我所以重读，就是要验证名著何以是名著。于是我想——大师们写得多么好啊！只要谁认识了足够读小说的字，谁就能读得懂。如此平易近人的小说，乃是由大师们来写的，是否说明了小说的品质在本质上是寻常的呢？若将寻常的东西，当成不寻常的东西去"炮制"，是否有点儿可笑呢？

我曾给我的近八十岁的老母亲读屠格涅夫的《木木》、读普希金的《驿站长》、读梅里美的《卡门》……

老母亲听《木木》时流泪了……

听《驿站长》时也流泪了……

听《卡门》没流泪。虽没流泪，却说出了这样的话——"这个女子太任性了。男人女人，活在世上，太任性了就不好！常言道，进一步山穷水尽，退一步海阔天空，干吗就不能稍退一步呢？……"

这当然与《卡门》的美学内涵相距较大，但起码证明她明白了大概……

是的，我认为的好小说是平易近人的。能写得平易近人并非低标准，而是较高的标准。大师们是不同的，乔伊斯也是大师，他的《尤里西斯》绝非大多数人都能读得懂的。乔伊斯可能是别人膜拜的大师，但他和他的《尤里西斯》都不是我所喜欢的。他这一类的大师，永远不会对我的创作发生影响。

我写字桌的玻璃板下，压着朋友用正楷为我抄写的李白的《将进酒》。那是我十分喜欢的。句句平实得几近于白话！最伟大最有才情的诗人，写出了最平易近人最豪情恣肆的诗，个中三昧，够我领悟一生。

我不能说明白小说是什么。但我知道小说不该是什么。小说不该是其实对哲学所知并不比别人多一点儿的人图解自以为"深刻"的哲学"思想"的文体。人类已进入二十一世纪，连哲学都变得朴素了。连有的哲学家都提出了要使哲学尽量通俗易懂的学科要求，小说家的小说若反而变得一副"艰深"模样的话，我是更不读的。小说，尤其长篇小说，不该是其实成不了一位好诗人的人借以炫耀文采的文体。既曰小说，我首先还要看那小说写了什么内容，以及怎样写的。若内容苍白，文字的雕琢无论多么用心都是功亏一篑的。除了悬案小说这一特殊题材而外，我不喜欢那类将情节故布成"文字方程"似的玩意儿让人一"解析"再"解析"的小说。今天，真的头脑深刻的人，有谁还从小说中去捕捉"深刻"的沟通？

我喜欢寻常的，品质朴素的，平易近人的小说。我喜欢写这样的小说给人看。

或许有人也能够靠了写小说登入什么所谓"象牙之塔"。但我是断不会去登的，甚至并不望一眼。哪怕它果然堂皇地存在着，并且许多人都先后登入了进去。

我写我认为的小说，写我喜欢写的小说，写较广泛的人爱读而不是某些专门研究小说的人爱读的小说，这便是我的寻常的追求。即使为这么寻常的追求，我也衣带渐宽终不觉，并且终不悔……

睽注平民生活形态

我既为较广泛的人们写小说，既希望写出他们爱读的小说，就不能不睽注平民生活形态。因为平民构成我们这个社会的大多数，还因为我出身于这一个阶层。我和这一个阶层有亲情之缘。

我认为，事实上每一个人都有他或她的"阶层"亲情。这一点体现在作家们身上更是明显得不能再明显。商品时代，使阶层迅速分化出来，使人迅速地被某一阶层吸纳，或被某一阶层排斥。

作家是很容易在心态上和精神上被新生的中产阶级阶层所吸纳的。一旦被吸纳了，作品便往往会很中产阶级气味儿起来。这是一种必然而又自然的文学现象。这一现象没什么不好。一个新的阶层一旦形成了，一旦在经济基础上成熟了，接下来便有了它的文化要求，包括文学要求。于是便有服务于它的文化和文学的实践者。文化和文学理应满足各个阶层的需要。

从"经济基础"方面而言，我承认我其实已属于中国新生的中产阶级阶层。我是这个阶层的"中下层"。作家在"经济基础"方面，怕是较难成为这个新生阶层的"中上层"的。但是作家在精神方面，极易寻找到在这个新生阶层中的"中上层"的良好感觉。

我时刻提醒和告诫我自己万勿在内心里滋生出这一种良好感觉。我不喜欢这个新生的阶层。这个新生的阶层，氤氲成一片甜的、软的、喜滋滋的、乐融融的，介于满足与不满足，自信与不自信，有抱负与没有抱负之间的氛围。这个氛围不是我喜欢的氛围。我从这个阶层中发现不到什么太令我怦然心动的人和事。

所以我身在这个阶层，却一向是转身背对这个阶层的。睽注的始终是我出生的平民阶层。一切与我有亲密关系乃至亲爱关系的人们，几乎无一例外地仍生活在平民阶层。同学、知青伙伴、有恩于我的、有义于我的。比起新生的中产阶级阶层，他们的人生更沉重些，他们的命运更无奈些，他们中的人和事，更易深深地感动我这个写小说的人。

但是我十分清醒，他们中的大多数，其实是无心思读小说的。我写他们，他们中的大多数也不知道。我将发生在他们中的人和事，写出来给看小说的人们看。

我又十分清醒，我其实是很尴尬——我一脚迈入在新生的中产阶级里，另一只脚的鞋底儿上仿佛抹了万能胶，牢牢地粘在平民阶层里，想拔都拔不动。我的一些小说里，自然而然地流露出了我的尴尬。

这一份儿尴尬，有时成为我写作的独特视角。

于是我近期的小说中多了无奈。我对我出身的阶层中许多人的同情和体恤再真诚也不免有"抛过去"的意味儿。我对我目前被时代划归入的阶层再厌烦也不免有"造作"之嫌。

但是我不很在乎，常想，也罢。在一个时期内，就这么尴尬地写着，也许正应了那句话——前不着村，后不着店，所以才继续地脚不停步地在稿纸上"赶路"。完完全全彻彻底底变成了中国新生的中产阶级的一员，即使仅仅是"中下层"中的一员，我也许就什么都写不出来了……

我是个"社会关系"芜杂的人

中国的作家，目前仍分为两大类——有单位的，或没有单位的。有单位的比如我，从前是北影厂的编辑，如今是童影厂的员工。没单位的，称"专职"作家，统统归在各级作家协会。作家协会当然也是单位，但人员构成未免太单一。想想吧，左邻是作家，右舍也是作家。每个星期到单位去，打招呼的是张作家，不打招呼的是李作家。电话响了，抓起来一听，不是编辑约稿、记者采访，往往可能便是作家同行了。所谈，又往往离不开文坛那点子事儿。

写小说的人常年生活在写小说的人之中，在我想来，真是很可悲呢。

我庆幸我是有单位的。单位使我接触到实实在在的，根本不写小说，不与我谈文学的人。一个写小说的人，听一个写小说的人谈他的喜怒哀乐，与听一个不写小说的谈他的喜怒哀乐，听的情绪是很不一样的。

我接触的人真的很芜杂。三十六行七十二业，都不拒之门外。我的家永远不可能是"沙龙"。我讨厌的地方，一是不干净的厕所，二是太精英荟萃的"沙龙"。倘我在悠闲着，我不愿与小说家交流创作心得，更不愿听小说评论家一览文坛小的"纵横谈"。我愿意的事是与不至于反感我的人聊家常。楼下卖包子的，街口修自行车的，本单位的门卫，在对面公园里放风筝的老人。他们都不反感我，都爱跟我聊，甚至我儿子的同学到家里来，我也搭讪着跟他们聊。我并非贼似的，专门从别人嘴里不花钱就"窃取"了小说的素材。我不那么下作，也不那么精明。我只是觉得，还能有时间和一些头脑里完全没有小说这一根筋，根本不知道还有"文坛"这码子事儿的人聊聊家常，真不失一种幸福啊！多美妙的时光呢！连在早市上给我理过几次头的老理发师傅，也数次到我家串门，向我讲他女儿下岗的烦愁，希望我帮着拿个主意。但凡有精力，我真诚地分担某些信赖我的人们的烦愁。真诚地参与到他们所面临的困境中去，起码帮他们拿拿主意。其实，我是一个顶没能力帮助别人的人。经常的做法是，为这些人的烦愁之事，转而去求助另外的一些人。而求人对我又是极令自己状窘之事，十之七八是白费了口舌，白搭了面子；偶能间接地帮助了别人，如同自己的困难获得了解决一样高兴。这种生活形态，牵扯了我不少时间和精力。但也使我了解到中下层人们的非常具体、非常实际的烦愁。他们的烦愁、他们的命运的无奈，都曾作为情节和细节被我写入到我的小说里。比如《表弟》、比如《学者之死》。二十年前哈市老邻的儿子二小在现今走投无路——为了给已 37 岁的二小安排一条人生出路，我求过那么多人！还亲自到京郊的几处农村去"考察"，希望能为二小在那些地方找到安身立命之所。为使在我家做了两年保姆的四川女孩儿小芳的命运能有改变，我不惜以我的著作权为砝码——谁能帮助她在四川老家附近的县城解决职业，我愿降低条件同意出版我的文集。我为我的一名中学同学的工作问题向赵忠祥求过字；为我的另一名同学的儿子的上学问题向韩美林求过画；为我的一位触犯了刑法的知青战友做过保释人；我每年要想着给北大荒的一位"嫂子"寄几次钱——我当年在北大荒当小学教师，她的丈夫是校长。他们关心和呵护我，如同对待一个弟弟。她丈夫因患癌症去世了，她的儿子也死于不幸事件……

有朋友曾善意地嘲笑我，说——晓声，你呀你呀，我将你好有一比。

我问他比作什么。

他说——旧中国的某些私塾先生，较为善良的那一类。明明没什么能力，又，偏偏的缺少自知之明，一厢情愿地想象自己是观世音，仿佛能普度众生似的……

我只有窘笑的份儿，承认他的比喻恰当。

我的生活形态，使我心中"囤积"了许许多多中国中下层人们的"故事"。一个个将他们写来，都是充满了惆怅、无奈和忧伤的小说。我只觉时间不够，精力不够，从没产生过没什么可写的那一种困乏。这在我的创作中带来的一个弊端乃是——惜时如金而又笔耕太匆的情况下，某些小说写得毛糙、遣词不斟、行文粗陋。

我意识到的，我就能改正。

以"冷眼向洋看世界"的目光观望别人的烦愁、别人的困境、别人的无奈以及命运，无疑是一种独特的写作视角，无疑能写出独特的好小说，无疑自成风格，自标一派。

如我似的，常常身不由己地，直接地掺和到别人的烦愁、别人的困境、别人的无奈及命运中去了，便写出了我的某些苦涩的、忧郁的，有时甚至流露出悲哀的小说。这也就是为什么，我近期的小说，以第一人称"我"的叙述方式铺展开来的多了的原因。写那样的小说，在我简直只能以第一人称叙述，而不愿以第三人称叙述。因为我希望读者从中看到较为真切的人和事。一九九七年第一期《十月》发表的中篇《义兄》，也是这一创作心态下的产物。

但——我绝不将我的生活形态作为"经验"向别人兜售。事实上这一种生活形态利弊各一半，甚至可以说弊大于利。好在我已习惯了、接受了这一无奈的现实。谁若也不慎堕入了此种生活形态，并且没有习惯过，他的情绪恐怕会极其躁乱，一个时期内什么也写不下去。

真的，千万别变成我，变成我那是很糟的。感受生活的方式很多，直接地掺和到别人们的烦愁、困境、无奈与命运中去，并非什么好方式。在我，是一种搞糟了的活法罢了。所谓还有"利"可言，实乃是"搞糟了的活法"中的"因势利导"。我还有许多学者朋友——经济学家、伦理学家、心理学家、法学博士……

我还认得一些企业界人士……

一旦有机会和他们在一起，我便接二连三地向他们讨教问题。有时也争论，甚至争论得面红耳赤。讨教和争论的问题，都是所谓"国家大事"——腐败问题、官僚体制问题、贫富悬殊问题、失业问题、法制问题、安定问题等等。

在向他们讨教、和他们争论的过程中，我对国情的了解更多了一些、更宏观了一些、更全面了一些。他们一次次打消掉我的思想方法的种种片面和偏激，我一次次向他们提供具体的生活事例，丰富他们理性思维的根据。不是所有的作家都能和经济学家辩论经济问题。我和他们辩论时，也能如他们一样，扳着手指头例举出这方面那方面接近准确的数字。

这常令他们"友邦惊诧"，愕问我——晓声你是写小说的，怎么了解这么多？

我便颇得意地回答——我关注我所处的时代。

是的，我不讳言，我极其关注我所处的时代。关注它现存的种种矛盾的性质，关注它的危机的深化和转机的步骤，关注它的走向和自我调解的措施……

我认为——既为作家，既为中国的当代作家，对自己所处的当代，渐渐形成较全面的、较多方面的、较有根据的了解，不但是必要的，而且是重要的。因为，对时代大背景的认识较为清楚，才有一种写作的自信。起码自己能赞同自己——我为什么写这个而不写那个，为什么这样写而不那样写？

经常的情况之下，我凭作家的"良知"写作。

有人会反问——"良知"是什么？

我也不能给它下一个定义。

但我坚信它的的确确是有的。对于作家，有一点儿，比一点儿都没有好……

我不走"为文学而文学"的路。

这一条路，据言是最本分的，也是最有出息的，最能造就伟大小说家的文学之路。

在当今之中国，我始终搞不大明白——"为文学而文学"，究竟是一条怎样的文学的路。

何况，我也从不想伟大起来。

我愿我的笔，在坚与柔之间不停转变着。也就是说——我愿以我的小说，慰藉中国中下层人们的心。此时它应多些柔情，多些同情，多些心心相印的感情。另一方面，我愿我的小说，或其他文学形式，真的能如矛，能如箭，刺穿射破腐败与邪恶的画皮，使之丑陋原形毕露。

我不知这一条路，该算一条怎样的文学的路？

而有一点我是知道的——我的绝大多数的同行，其实在走着和我一致的路。只不过他们不像我似的，常常自我标榜。我也并非喜欢自我标榜。没人非逼着我写什么说什么，我是从不愿对自己的创作喋喋不休的。被逼着说被逼着写，也就只有一而再，再而三地重复，重复的次数一多，当然也就成了自我标榜。好在和我走着一致的路的作家为数不少，那么我也就不仅仅是在为自己标榜了，也根本不会因伟大不起来而沮丧，反正又不止我自己伟大不起来。何况"为文学而文学"者，也未必就能真的伟大起来。或曰他们的伟大不起来，意味着"为文学而文学"的悲壮的自殉。那么我也想说，我辈的不为"文学"而文学，未尝不是为文学的极平易近人的生命力之体现而自耗。下场并不相差太大，就都由着性子写下去的好。

我不认为商业时代文学就彻底完蛋了。

商业时代使一切都打上了商业的烙印。文学没有任何理由要求幸免。应该看到，商业时代使出版业空前繁荣了。这繁荣的前提之下，文学有相当一部分变质了。但总量上比较，变质的仅仅是一小部分。归根结底，商业时代不太可能毁灭一位有实力的作家，作家的创作往往终结于自身生活源泉的枯竭，创作激情的下降，才能的力有不逮，以及身体、精力、心理等等各方面的"资本"的空虚。

我不惧怕商业时代。但我也尽量要求自己，别过分地去迎合它一个时期的好恶。

小说家没法儿和一个已然商业化了的时代"老死不相往来"。归根结底，时代是强大的，小说家本人的意志是脆弱的。比如我不喜欢诸如签名售书、包装、自我推销、"炒作"等等创作以外之事，但我时常妥协，违心地去顺从。以前很为此恼火，现在依然不习惯。一旦被要求这样那样配合自己某一本书的发行，内心里的别扭简直没法儿说。但我已开始尽量满足出版社的要求。不过分，我就照办。这没什么可感到羞耻的。

最后，我想说——我认为，归根结底，小说是为世俗大众的心灵需求而存在的。它的生命力延续至今，正是由于这一点。绝大多数名著的生命力延续至今，也正是由于这一点。这是我对小说的最基本的看法。如果有什么所谓"文学殿堂"的话，或者竟有两个——一个是为所谓"精神贵族"而建，一个是为精神上几乎永远也"贵族"不起来的世俗大众而建，那么我将毫不犹豫地走入后者。对前者断然扭转头无视而过。

我常寻思，配在前者中倍受尊崇的小说家，理应都是精神上相当高贵的人吧？

我扫视文坛，我的任何一位同行，骨子里其实都不那么高贵，有些模样分明是矫揉造作的。

我更愿自己这一个小说家，在不那么美妙的人间烟火中从心态上精神上感情上，最大程度地贴近世俗大众，并为他们写他们爱看的小说……

××同志，啰里啰唆，就写到这儿。你要求我可以写15000字，我只能写够你要求的字数之一半。对我自己的创作，我实在没那么多可说的。以上文字，算是些大白话、大实话吧！

再三请谅！

百 年 文 化 的 表 情

千年之交，回眸凝睇，看中国百余年文化云涌星驰，时有新思想的闪电，撕裂旧意识的阴霾；亦有文人之呐喊，儒士之捐躯；有诗作檄文，有歌成战鼓；有鲁迅勇猛所掷的投枪，有闻一多喋血点燃的《红烛》；有《新青年》上下求索强国之道，有"新文化运动"势不两立的摧枯拉朽……

俱往矣！

历史的尘埃落定，前人的身影已远，在时代递进的褶皱里，百余年文化积淀下了怎样的质量？又向我们呈现着怎样的"表情"？

弱国文化的"表情"，怎能不是愁郁的？怎能不是悲怆的？怎能不是凄楚的？

弱国文人的文化姿态，怎能不迷惘？怎能不《彷徨》？怎能不以其卓越的清醒，而求难得之"糊涂"？怎能不以习惯了的温声细语，而拼作斗士般的仰天长啸？

当忧国之心屡遭挫创，当同类的头被砍太多，文人的遁隐，也就是自然而然的了。

倘我们的目光透过百年，向历史的更深远处回望过去，那么遁隐的选择，几乎也是中国古代文人的"时尚"了。

那么我们就不能不谈《聊斋志异》了。蒲松龄作古已近三百年，《聊斋志异》成书面世二百四十余年。所以要越过百年先论此书，实在因为它是我最喜欢的文言名著之一。也因近百年中国文化的扉页上，分明染着蒲松龄那个朝代的种种混杂气息。

蒲公笔下的花精狐魅，鬼女仙姬，几乎皆我少年时梦中所恋。

《聊斋志异》是出世的。

蒲松龄的出世是由于文人对自己身处当世的嫌恶。他对当世的嫌恶又由于他仕途的失意。倘他仕途顺遂，富贵命达，我们今人也许——就无《聊斋》可读了。

《聊斋》又是入世的，而且入得很深。

蒲松龄背对他所嫌恶的当世，用四百九十余篇小说，为自己营造了一个较适合他那一类文人之心灵得以归宿的"拟幻现世"。美而善的妖女们所爱者，几乎无一不是他那一类文人。自从他开始写《聊斋》，他几乎一生浸在他的精怪故事里，几乎一生都在与他笔下那些美而善的妖女眷爱着。

但毕竟的，他背后便是他们嫌恶的当世，所以那当世的污浊，漫过他的肩头，淹向着他的写案——故《聊斋》中除了那些男人们梦魂萦绕的花精狐魅，还有《促织》《梦狼》《席方平》中的当世丑类。

《聊斋》乃中国古代文化"表情"中亦冷亦温的"表情"。他以冷漠对待他所处的当世，他将温爱给予他笔下那些花狐鬼魅……

《水浒》乃中国百年文化前页中最为激烈的"表情"。由于它的激烈，自然被朝廷所不容，列为禁书。它虽产生于元末明初，所写虽是宋代的反民英雄，但其影响似乎在清末更大，预示着"山雨欲来风满楼"……

而《红楼梦》，撇开缠绵悱恻的爱情故事的主线，读后确给人一种盛极至衰的挽亡感。

此外，还有《儒林外史》《官场现形记》《二十年目睹之怪现状》《老残游记》《孽海花》——构成着百年文化前页的谴责"表情"。

《金瓶梅》是中国百年文化前页中最难一言评定的一种"表情"。如果说它毕竟还有着反映当世现实的重要意义，那么其后所产生的无计其数的所谓"艳情小说"，散布于百年文化的前页中，给人，具体说给我一种文化在沦落中麻木媚笑的"表情"印象……

百年文化扉页的"表情"是极其严肃的。

那是一个中国近代史上出政治思想家的历史时期。在这扉页上最后一个伟大的名字是孙中山。这个名字虽然写在那扉页的最后一行，但比之前列的那些政治思想家们都值得纪念。因为他不仅思想，而且实践，而且几乎成功。

于是中国百年文化之"表情"，其后不但保持着严肃，并在相当一个时期内是凝重的。

于是才会有"五四"，才会有"新文化运动"。

"新文化运动"是中国百年文化"表情"中相当激动相当振奋相当自信的一种"表情"。

鲁迅的作家"表情"在那一种文化"表情"中是个性最为突出的。《狂人日记》振聋发聩；"彷徨"的精神苦闷跃然纸上；《阿Q正传》和《坟》，乃是长啸般的"呐喊"之后，冷眼所见的深刻……

"白话文"的主张，当然该算是"新文化运动"中的一个事件。倘我生逢那一时代，我也会为"白话文"推波助澜的。但我不太会是特别激烈的一分子，因为我也那么地欣赏文言文的魅力。

"国防文学"和"大众文学"之争论，无疑是近代文学史上没有结论的话题。倘我生逢斯年，定大迷惘，不知该支持鲁迅，还是该追随"四条汉子"。

这大约是近代文学史上最没什么必要也没什么实际意义的争论吧?

"内耗"每每也发生在优秀的知识分子们之间。

但是于革命的文学、救国的文学、大众的文学而外,竟也确乎另有一批作家,孜孜于另一种文学,对大文化进行着另一种软性的影响——比如林语堂(他是我近年来开始喜欢的)、徐志摩、周作人、张爱玲……

他们的文学,仿佛中国现代文学"表情"中最超然的一种"表情"。

甚至,还可以算上朱自清。

从前我这一代人,具体说我,每以困惑不解的眼光看他们的文学。怎么在国家糟到那种地步的情况之下还会有心情写他们那一种闲情逸致的文学?

现在我终于有些明白——文学和文化,乃是有它们自己的"性情"的,当然也就会有它们自己自然而然的"表情"流露。表面看起来,作家和文化人,似乎是文学和文化的"主人",或曰"上帝"。其实,规律的真相也许恰恰相反。也许——作家们和文化人们,只不过是文学和文化的"打工仔"。只不过有的是"临时工",有的是"合同工",有的是"终生聘用"者。文学和文化的"天性"中,原有愉悦人心,仅供赏析消遣的一面。而且,是特别"本色"的一面。倘有一方平安,文学和文化的"天性"便在那里施展。

这么一想,也就不难理解林语堂在他们处的那个时代与鲁迅相反的超然了;也就不会非得将徐志摩清脆流利的诗与柔石《为奴隶的母亲》对立起来看而对徐氏不屑了;也就不必非在朱自清和闻一多之间确定哪一个更有资格入史了。当然,闻一多和他的《红烛》更令我感动,更令我肃然。

历史消弭着时代烟霭，剩下的仅是能够剩下的小说、诗、散文、随笔——都将聚拢在文学和文化的总"表情"中……

　　繁荣在延安的文学和文化，是中国自有史以来，气息最特别的文学和文化，也是百年文化"表情"中最纯真烂漫的"表情"——因为它当时和一个最新大理想连在一起。它的天真烂漫是百年内前所未有的。说它天真，是由于它目的单一；说它烂漫，是由于它充满乐观……

　　新中国成立后，前十七年的文学和文化"表情"是"好孩子"式的。偶有"调皮相"，但一遭眼色，顿时中规中矩。

　　"文革"中的文学和文化"表情"是面具式的。是百年文化中最做作最无真诚可言的最讨厌的一种"表情"。

　　"新时期文学"的"表情"是格外深沉的。那是一种真深沉。它在深沉中思考国家，还没开始自觉地思考关于自己的种种问题……

　　八十年代后期的文学和文化"表情"是躁动的，因为中国处在躁动的阶段……

　　九十年代前五年的文化"表情"是"问题少年"式的。它的"表情"意味着——"你"有千条妙计，"我"有一定之规……

　　九十年代后五年的文化"表情"是一种"自我放纵"乐在其中的"表情"。"问题少年"已成独立性很强的"青年"。它不再信崇什么。它越来越不甘再被拘束，它渴望在"自我放纵"中走自己的路。这一种"自我放纵"有急功近利的"表情"特点，也每有急赤白脸的"表情"特点，还似乎越来越玩世不恭……

　　据我想来，在以后的三五年中，中国当代文学和文化，将会在"自我放纵"的过程中渐渐"性情"稳定。归根结底，当代人不愿长期地接受喧嚣浮躁的文学和文化局面。

　　归根结底，文学和文化的主流品质，要由一定数量一定质量的创作来默默支撑，而非靠一阵阵的热闹及其他……

情形好比是这样的——百年文化如一支巨大的"礼花"，它由于受潮气所侵而不能至空一喷，射出满天灿烂，花团似锦，但其断断续续喷出的光彩，毕竟辉辉烁烁照亮过历史，炫耀过我们今人的眼目。而我们今人是这"礼花"的最后的"内容"……

我们的努力喷射恰处人类的千年之交。

当文学和文化已经接近着自由的境况，相对自由了的文学和文化还会奉献什么？又该是怎样的一种"表情"？什么是我们自己该对自己要求的质量？

新千年中的新百年，正期待着回答……

如 此 这 般 中 国 人

世界上究竟有多少种职业呢？它们又将世人划分成多少种人生形态呢？

谁能说得清楚啊！

然而很久以前的中国人，特别喜欢将世界数字化。开句玩笑，比今天由电脑科技所体现的世界数字化情况早很久的时代，中国人已经大致地将世界数字化了，比如用代表"十干"和"十二支"的文字配成六十组专门词，来规定年、月、日的次序；比如七十二颗天神星，三十六颗地煞星（《水浒传》中的一百零八将，即是那些天上的神煞之星在凡间的化身）；比如二十四节气，这是世界上只有中国人才家喻户晓的节气的细分法。而有些节气极富诗意，清明、谷雨、白露、惊蛰、大满、小满等等。

数字的意象，也每体现在汉语言的形容方面和诗词佳句之中——如"九曲黄河""万里长江""一马平川""百年好合"等等。如"三十功名尘与土，八千里路云和月"；如"微觉三四五点雨，闲看八九十枝花"……

很久以前的中国，一向是一个农业大国。其职业的种类是非常有限的，故用"五行八作"来形容。"五""八"是单数，概括不了的，于是又有"七十二行""三十六业"的说法。太啰唆，于是也有人干脆一言以蔽之曰"百工"。"百"在中国人的数字意识中是虽有限但意象很大的数，于是，似乎包罗了世间一切职业；自然，也便似乎包罗了许多种人生的状态。

有些民间职业，在中国曾普遍存在。比如"锔缸锔碗"的、修理雨伞的（他们的吆喝声是"扎鼓雨伞"）、吹糖人的、捏面人的、弹棉花的、磨刀剪的、走街串巷完全手工制作家具的木匠，等等。比如蒸汽火车时代的验轮工……

现在，中国的最后一辆蒸汽火车早已寿归正寝，开蒸汽火车的司机和司炉以及站台上的验轮工早已改行；现在，家具都是由流水线上生产的材料组装的了，于是游走木匠销声匿迹了。而我，最后一次见吹糖人的艺人，已是二十余年前的事了……

现在，中国早已不是从前的中国。它正由一个农业国变化为现代工业国和现代科技国。但是和全世界一样，由职业而形成的人生状态，依然是社会常规。也和全世界一样，最平凡的人们，往往从事最平凡的职业；而从事特殊职业的人们，也往往有较为特殊的人生经历。无论是这样的中国人，那样的中国人，无论男女老少，精神面貌已和从前大不一样了。

用中国老百姓爱说的一句话说，那就是——"普遍的中国人，今天都活得比较有心气了。"

由焦波主编的这一本摄影集，便自然呈现了一些活得分外有"心气"的中国人的人生形态。严格地说，这又不仅仅是一本摄影集。摄影集呈现的往往是景物；而这一本，以呈现人生为宗旨。摄影集呈现的往往是美，是摄影的艺术水平；而这一本，追求的却是真，以展露人的心灵层次和精神状态为目的。唯恐难传其真，又以简明文字补白。

这一本摄影集中，有没有美呢？

我以为有的。

比如焦波吧，作为一名摄影家，凡三十年间，为生活在农村的父母拍摄了不计其数的照片，并且举办了摄影展，感动了许许多多中国人的心，使许许多多的中国人都不由得想——作为一个人，我回报了含辛茹苦的父亲母亲怎样的一份孝敬呢？……

这难道不是对人性的美育吗？

比如本集中那个被确诊为癌症患者的女列车广播员，在世最后三个月里，一再思想的却是——我能为他人做点儿什么有益之事，于是写下遗嘱，决定捐献自己的角膜……

这难道不是一种人文美德吗？

比如那个"山顶小学"的校长，他身上难道体现的不是一种教育的诗性吗？

还有那些"儿童村"的母亲们，她们难道不是将母爱的定义升华了吗？

而这本摄影集中的文字，却并没有如我一样用很感动的笔去写他们和她们。这一本摄影集的文字，只不过记录了他们是一些什么样的中国人，做了一些什么样的事，为什么做。我的感动，是我读了以后看了以后的情不自禁。

我也很敬佩这一本摄影集中自强自立的女人，比如拉萨八角街上的开店女人，比如在城市失业后转向农村去创业的女人……

当然，那将木版年画卖到世界各地的老手工艺人一家；那担任国际摄影比赛少年评委的少年；那些当高楼清洁工的小伙子；那在"SARS"疫情严重的日子里牺牲在岗位上的女护士，都是我可爱的同胞，都在我心中引起了不同的敬意。

这一本摄影集中，也呈现了几位中国的著名人物的人生状态——

如舞蹈家陈爱莲；"双星"鞋业集团的老总汪海；成功的房地产商王石，他们都是我们认识的。在今天，在中国，汪海、王石那样的实业家，是越来越多了。他们的事业对于中国之改革开放，具有无可质疑的推动意义。

最后，我想作一个比喻，将这一本摄影集比作一本——关于许多中国人之人生的"摄影档案"。

而焦波们，又好比许多中国人之人生的"档案资料员"。

对于加强中国与世界，世界与中国的互动式了解，他们的工作是一种奉献……